# Translated Language Learning

# Alices Abenteuer im Wunderland

# Alice's Adventures in Wonderland

## Lewis Carroll

## Deutsch / English

# Runter in den Kaninchenbau
## Down the Rabbit Hole

**Alice fing an, sehr müde zu werden**
Alice was beginning to get very tired
**Sie saß neben ihrer Schwester auf der Grasbank**
she was sitting by her sister on the grass bank
**aber sie hatte nichts zu tun**
but she had nothing to do
**Ihre Schwester las ein Buch**
her sister was reading a book
**Ein- oder zweimal schaute Alice in das Buch**
once or twice Alice peeped into the book
**aber das Buch enthielt keine Bilder oder Gespräche**
but the book had no pictures or conversations in it
**"Was nützt ein Buch ohne Bilder?", dachte Alice**
"what use is a book without pictures?," thought Alice
**"Warum sollte ein Buch keine Gespräche führen?"**
"why would a book have no conversations?"
**Aber sie hatte noch andere Dinge zu bedenken**

but she had other things to consider
**"Es wäre ein Vergnügen, eine Kette aus Gänseblümchen zu machen"**
"making a chain of daisies would be a pleasure"
**"Aber lohnt es sich, aufzustehen und die Gänseblümchen zu pflücken??"**
"but is it worth the effort of getting up and picking the daisies??"
**Das war nicht so leicht zu denken**
this was not so easy to think about
**weil sie sich an diesem Tag schläfrig und dumm fühlte**
because the day was making her feel sleepy and stupid
**aber plötzlich wurden ihre Gedanken unterbrochen**
but suddenly her thoughts were interrupted
**ein weißes Kaninchen mit rosa Augen nah lief an ihr vorbei**
a White Rabbit with pink eyes ran close by her

**Es war nichts übermäßig Bemerkenswertes an dem
Kaninchen**
There was nothing overly remarkable about the rabbit
**und Alice fand das Kaninchen auch nicht bemerkenswert**
and Alice did not think the rabbit remarkable either
**auch überraschte es sie nicht, als das Kaninchen sprach**
nor did it surprise her when the Rabbit spoke
**»O je! Ich werde zu spät kommen!« sagte er zu sich selbst**
"Oh dear! I shall be too late!" he said to himself
**aber dann tat das Kaninchen etwas, was Kaninchen nicht
tun**
but then the Rabbit did something that rabbits didn't do
**das Kaninchen zog eine Uhr aus der Westentasche**
the Rabbit took a watch out of its waistcoat-pocket
**Er schaute auf die Uhr und eilte dann weiter**
he looked at the time and then hurried on
**Alice erhob sich erstaunt**
Alice got to her feet, in amazement
**Sie hatte noch nie zuvor ein Kaninchen mit Weste gesehen!**
she had never seen a rabbit with a waistcoat before!
**noch hatte sie je ein Kaninchen mit einer Uhr gesehen!**
nor had she ever seen a rabbit with a watch!
**Alice brannte vor neuer Neugierde**
Alice was burning with a new curiosity
**und sie rannte über das Feld hinter dem Kaninchen her**
and she ran across the field after the Rabbit
**Sie kam gerade noch rechtzeitig, um das Kaninchen
verschwinden zu sehen**
she was just in time to see the rabbit disappear
**Das Kaninchen hüpfte in einen großen Kaninchenbau hinab**
the rabbit hopped down into a large rabbit-hole
**Im nächsten Augenblick stürzte Alice hinter dem Kaninchen
her!**
In another moment, down went Alice after the rabbit!
**Der Kaninchenbau ging geradeaus wie ein Tunnel**
The rabbit-hole went straight on like a tunnel
**und der Tunnel ging noch eine Weile weiter**

and the tunnel kept going for some distance
**und dann senkte sich der Weg plötzlich hinunter**
and then the path suddenly dipped down
**Alice hatte keinen Augenblick, daran zu denken, ob sie sich zurückhalten sollte**
Alice had not a moment to think about stopping herself
**Sie fiel hin und hinunter und hinunter**
she found herself falling down and down and down
**Es schien, als sei sie in einen sehr tiefen Brunnen gefallen**
it seemed as if she had fallen down a very deep well
**Entweder war der Brunnen sehr tief, oder sie fiel sehr langsam**
Either the well was very deep, or she fell very slowly
**denn sie hatte viel Zeit zum Fallen**
because she had plenty of time to fall
**Als sie fiel, konnte sie sich umsehen**
as she was falling she could look all around her
**Zuerst versuchte sie herauszufinden, wohin sie ging**
First, she tried to make out where she was going
**aber der Brunnen war zu dunkel, um etwas zu sehen**
but the well was too dark to see anything
**Dann blickte sie auf die Seiten des Brunnens**
then she looked at the sides of the well
**Und sie bemerkte, dass überall um sie herum Schränke standen**
and she noticed that there were cupboards all around her
**und rings um den Brunnen waren Bücherregale**
and all around the well were book-shelves
**Hier und da sah sie Karten und Bilder, die an Pflöcken hingen**
here and there she saw maps and pictures hung upon pegs
**Im Vorbeigehen nahm sie ein Glas aus einem der Regale**
She took down a jar from one of the shelves as she passed
**Das Glas wurde für seinen Inhalt gekennzeichnet**
the jar was labelled for its content
**"MARMELADE AUS ORANGEN"**
"MARMALADE MADE FROM ORANGES"

**Aber zu ihrer großen Enttäuschung war das Marmeladenglas leer**
but, to her great disappointment, the marmalade jar was empty
**Sie wollte das leere Marmeladenglas nicht fallen lassen**
she did not want to drop the empty marmalade jar
**und ihr Fall war sehr langsam**
and her fall was very slow
**So schaffte sie es, das Marmeladenglas in einen der Schränke zu stellen**
so she managed to put the marmalade jar into one of the cupboards
**Nieder, hinunter, hinunter fiel sie!**
Down, down, down she fall!
**Würde der Fall jemals ein Ende haben?**
Would the fall ever come to an end?
**Es gab nichts anderes zu tun**
There was nothing else to do
**so fing Alice bald an, mit sich selbst zu reden**
so Alice soon began talking to herself
**»Dinah wird mich heute abend sehr vermissen, sollte ich meinen!«**
"Dinah will miss me very much tonight, I should think!"
**Dinah war Alices Katze**
Dinah was Alice's cat
**»Ich hoffe, sie werden sich an ihre Untertasse mit Milch zur Teezeit erinnern.«**
"I hope they'll remember her saucer of milk at tea-time"
**»Dinah, meine Liebe, ich wünschte, du wärst hier unten bei mir!«**
"Dinah, my dear, I wish you were down here with me!"
**Alice fühlte, als würde sie einschlafen**
Alice felt that she was dozing off
**Und dann plötzlich, dumpf! Bums!**
and then suddenly, thump! thump!
**Sie fiel auf einen Haufen Stöcke**
down she fell upon a heap of sticks

**und sie landete auf einem Haufen trockener Blätter**
and she landed on a pile of dry leaves
**Und endlich war der lange Sturz in das Loch vorbei**
and finally the long fall down the hole was over
**Alice war kein bisschen verletzt**
Alice was not a bit hurt
**und sie sprang in einem Augenblick auf**
and she jumped up within a moment
**Sie blickte auf, aber es war alles dunkel über ihr**
She looked up, but it was all dark overhead
**Vor ihr lag ein weiterer langer Korridor**
in front of her was another long corridor
**und das weiße Kaninchen war noch in Sicht**
and the White Rabbit was still in sight
**Er eilte den Korridor hinunter**
he was hurrying down the corridor
**Es war kein Augenblick zu verlieren**
There was not a moment to be lost
**davonlief Alice wie der Wind**
off ran Alice like the wind
**um die Ecke drehte sich das Kaninchen**
around the corner turned the rabbit
**Sie kam gerade noch rechtzeitig, um das Kaninchen zu hören**
she was just in time to hear the rabbit
**"Oh, meine Ohren und Schnurrhaare"**
""Oh, my ears and whiskers"
**"Wie spät es wird!"**
"how late it's getting!"
**Sie war dicht hinter dem Kaninchen**
She was close behind the rabbit
**Sie bog um eine weitere Ecke**
she turned around another corner
**aber das Kaninchen war nicht mehr zu sehen**
but the Rabbit was no longer to be seen
**Sie befand sich in einer langen, niedrigen Halle**
She found herself in a long, low hall

**Der Saal wurde von einer Reihe von Deckenlampen erleuchtet**
the hall was lit up by a row of ceiling lamps
**Überall im Saal gab es Türen**
There were doors all around the hall
**aber alle Türen waren verschlossen**
but all the doors were locked
**Sie ging den ganzen Weg an der einen Seite des Flurs hinunter**
she walked all the way down one side of the hall
**Und sie war den ganzen Weg auf der anderen Seite des Flurs hinaufgegegangen**
and she had walked all the way up the other side of the hall
**Sie hatte jede Tür ausprobiert**
she had tried every door
**Und sie ging traurig in der Mitte des Saales entlang**
and she walked sadly down the middle of the hall
**"Wie komme ich da mal wieder raus?"**
"how am I ever going to get out again?"

**Plötzlich stieß sie auf einen kleinen Tisch**
Suddenly she came upon a little table
**Der Tisch wurde komplett aus massivem Glas gefertigt**
the table was made entirely of solid glass
**Auf dem Tisch lag nichts als ein winziger goldener Schlüssel**
There was nothing on the table but a tiny golden key
**Der Schlüssel könnte zu einer der Türen gehören!**
the key might belong to one of the doors!
**Aber ach! Einige der Schlösser waren zu groß für die Schlüssel**
but, alas! some of the locks were too large for the keys
**und für die anderen Schlösser war der Schlüssel zu klein**
and for the other locks the key was too small
**aber auf jeden Fall öffnete der Schlüssel keine der Türen**
but, at any rate, the key opened none of the doors
**Aber was sollte sie tun?**
but what was she to do?
**Sie ging wieder durch den Saal**
she went through the hall again
**Und diesmal bemerkte sie einen niedrigen Vorhang**
and this time she noticed a low curtain
**Hinter dem Vorhang war eine kleine Tür**
behind the curtain was a little door
**Die Tür war etwa fünfzehn Zoll hoch**
the door was about fifteen inches high
**Sie probierte den kleinen goldenen Schlüssel im Schloss aus**
She tried the little golden key in the lock
**Und zu ihrer großen Freude passte der Schlüssel ins Schloss!**
and to her great delight, the key fit in the lock!
**Alice öffnete die Tür**
Alice opened the door
**und sie fand, daß die Tür in einen kleinen Korridor führte**
and she found the door led into a small corridor
**Der Korridor war nicht viel größer als ein Rattenloch**
the corridor was not much larger than a rat-hole
**Sie kniete nieder und blickte den Korridor entlang**

she knelt down and looked along the corridor
**Und sie sah den schönsten Garten, den du je gesehen hast**
and she saw the loveliest garden you have ever seen
**wie sehr sie sich danach sehnte, aus dieser dunklen Halle herauszukommen**
how she longed to get out of that dark hall
**wie sie sich wünschte, zwischen diesen leuchtenden Blumen zu wandern**
how she wanted to wander among those bright flowers
**Wie cool die Erfrischung dieser Brunnen aussah**
how cool refreshing those fountains looked
**aber sie konnte nicht einmal ihren Kopf durch die Tür stecken**
but she could not even get her head through the doorway
**»Oh,« sagte Alice traurig**
"Oh," said Alice, mournfully
**»wie sehr wünschte ich, ich könnte mich zusammenfalten wie ein Fernrohr!«**
"how I wish I could fold up like a telescope!"
**"Ich glaube, ich könnte mich zusammenfalten wie ein Teleskop"**
"I think I could fold up like a telescope"
**"Wenn ich nur wüsste, wie ich anfangen sollte"**
"if I only knew how to begin"
**Alice ging zurück an den Tisch**
Alice went back to the table
**Es bestand die Möglichkeit, einen weiteren Schlüssel zu finden**
there was the chance of finding another key
**Oder es gibt ein Buch mit Regeln**
or there might be a book of rules
**Das Buch könnte ihr sagen, wie man sich wie ein Teleskop zusammenfaltet**
the book could tell her how to fold up like a telescope
**Diesmal fand sie ein Fläschchen**
This time she found a little bottle
**"Diese Flasche war gewiß vorher nicht hier," sagte Alice**

"this bottle certainly was not here before," said Alice

**Und um den Flaschenhals war ein Papieretikett gebunden**

and tied around the neck of the bottle was a paper label

**Das Etikett war wunderschön in großen Buchstaben
gedruckt**

the label was beautifully printed in large letters

**"TRINK MICH"**

"DRINK ME"

**»Nein, ich werde erst nachsehen«, sagte sie**

"No, I'll look first," she said

**"Ich werde sehen, ob die Flasche als giftig gekennzeichnet
ist oder nicht."**

"I'll see whether the bottle is marked as poisonous or not,"

**weil sie die Lektion über das Gift nie vergessen hat**

because she never forgot the lesson about poison

**"Wenn eine Flasche als giftig gekennzeichnet ist, wird sie
Ihnen bestimmt nicht zustimmen"**

"if a bottle is labelled poisonous, it's bound to disagree with
you"

**Diese Flasche war jedoch nicht als giftig gekennzeichnet**

However, this bottle was not marked as poisonous

**so wagte Alice es, den Inhalt der Flasche zu kosten**

so Alice ventured to taste the content of the bottle

**Sie fand die Flüssigkeit ganz nach ihrem Geschmack**

she found the liquid quite to her liking

**Das Getränk hatte einen gemischten Geschmack**

the drink had a sort of mixed flavour

**Kirschkuchen, Vanillepudding und Ananas**

cherry-tart, custard, and pineapple

**Gebratener Truthahn, Toffee und Toast mit heißer Butter**

roast turkey, toffee, and toast with hot butter

**und bald trank sie die Flasche aus**

and she soon finished off the bottle

**"Was für ein merkwürdiges Gefühl!" sagte Alice**

"What a curious feeling!" said Alice

**"Ich klappe mich zusammen wie ein Teleskop!"**

"I am folding up like a telescope!"

**Und sie faltete sich tatsächlich zusammen wie ein Teleskop!**
And she was folding up like a telescope indeed!
**Sie war jetzt nur noch zehn Zentimeter groß**
She was now only ten inches high
**und ihr Gesicht erhellte sich bei ihren Gedanken**
and her face brightened up at her thoughts
**Jetzt hatte sie die richtige Größe für das Türchen**
now she was the the right size for the little door
**Jetzt konnte sie in diesen schönen Garten gehen**
now she could go into that lovely garden
**Bald hörte sie auf, kleiner zu werden**
soon she stopped getting smaller
**Sie beschloß, sofort in den Garten zu gehen**
she decided on going into the garden at once
**aber wehe der armen Alice!**
but, alas for poor Alice!
**Sie kam zur Tür**
she got to the door
**Aber sie hatte den kleinen goldenen Schlüssel vergessen**
but she had forgotten the little golden key
**Sie ging zurück zum Tisch, um den Schlüssel zu holen**
she went back to the table for the key
**aber sie merkte, daß sie nicht hoch genug greifen konnte**
but she found she could not reach high enough
**Sie konnte den Schlüssel ganz deutlich durch das Glas
sehen**
she could see the key quite plainly through the glass
**Sie versuchte, die Beine des Tisches hinaufzuklettern**
she tried to climb up the legs of the table
**Aber das Glas war viel zu rutschig**
but the glass was far too slippery
**Irgendwann erschöpfte sie sich mit dem Versuch**
eventually she tired herself out with trying
**Und das arme kleine Mädchen setzte sich hin und weinte**
and the poor little girl sat down and cried
**Alice sprach ziemlich scharf mit sich selbst**
Alice spoke to herself rather sharply

**"Komm, es hat keinen Zweck, so zu weinen!"**
"Come, there's no use in crying like that!"
**"Ich rate dir, gleich aufzuhören!"**
"I advise you to stop right this minute!"
**Sie gab sich im Allgemeinen sehr gute Ratschläge**
She generally gave herself very good advice
**obwohl sie nur sehr selten ihren eigenen Rat befolgte**
though she very seldom followed her own advice
**und sie war manchmal zu streng mit sich selbst**
and she sometimes was too harsh on herself
**und ihre Worte trieben ihr Tränen in die Augen**
and her words brought tears into her eyes
**Bald fiel ihr Blick auf einen kleinen Glaskasten**
Soon her eye fell upon a little glass box
**Der kleine Glaskasten lag unter dem Tisch**
the little glass box was lying under the table
**In dem Glaskasten befand sich ein sehr kleiner Kuchen**
in the glass box was a very small cake
**Auf dem Kuchen waren einige Worte schön geschrieben**
on the cake some words were beautifully written
**die Worte waren in Johannisbeeren markiert worden**
the words had been marked in currants
**"MICH ESSEN"**
"EAT ME"
**"Nun, ich werde den Kuchen essen," sagte Alice**
"Well, I'll eat the cake," said Alice
**"Und wenn mich der Kuchen größer werden lässt, kann ich den Schlüssel erreichen"**
"and if the cake makes me grow larger, I can reach the key"
**"Und wenn mich der Kuchen kleiner werden lässt, kann ich unter die Tür kriechen"**
"and if the cake makes me grow smaller, I can creep under the door"
**"Also so oder so komme ich in den Garten"**
"so either way I'll get into the garden"
**"Und es ist mir egal, was von beidem passiert!"**
"and I don't care which of the two happens!"

**Sie aß ein wenig von dem Kuchen**
She ate a little bit of the cake
**und sie sprach ängstlich zu sich selbst:**
and she anxiously spoke to herself:
**"In welche Richtung? In welche Richtung?"**
"Which way? Which way?"
**und sie hielt die Hand auf den Kopf**
and she held her hand on her head
**Sie wollte spüren, in welche Richtung sie wuchs**
she wanted to feel which way she was growing
**Sie war ganz überrascht, als sie erfuhr, was geschehen war**
she was quite surprised to find what had happened
**Sie war gleich groß geblieben!**
she had remained the same size!
**Also verdoppelte sie dieses Mal ihre Bemühungen**
so this time she doubled her efforts
**Und bald war der ganze Kuchen fertig**
and soon she finished off the whole cake

## Der Pool der Tränen
The Pool of Tears

**"Das wird immer interessanter!" rief Alice**
"This is getting more and more interesting!" cried Alice
**Man kann sehen, dass sie sehr überrascht war**
You can see she was very surprised
**"Ich öffne mich wie das größte Teleskop, das es je gab!"**
"I'm opening out like the largest telescope there ever was!"
**»Auf Wiedersehen, Füße! Oh, meine armen kleinen Füße"**
"Good-bye, feet! Oh, my poor little feet"
**"Ich frage mich, wer euch jetzt die Schuhe anziehen wird, meine Lieben?"**
"I wonder who will put on your shoes for you now, dears?"
**»und ich frage mich, wer Ihre Strümpfe anziehen wird?«**
"and I wonder who will put on your stockings?"
**"Ich werde viel zu weit weg sein"**
"I shall be a great deal too far away"
**"Ich werde mich nicht mehr um dich kümmern können"**
"I won't be able trouble myself about you anymore"
**In diesem Augenblick schlug ihr Kopf gegen etwas**
Just at this moment her head struck against something
**Sie hatte das Dach des Saales erreicht**
she had reached the roof of the hall
**Tatsächlich war sie jetzt mehr als zwei Meter groß**
in fact, she was now more than two meters tall
**und sie ergriff sogleich den kleinen goldenen Schlüssel**
and she at once took up the little golden key
**und sie eilte zur Gartentür**
and she hurried off to the garden door
**Arme Alice! Es gab nicht viel, was sie tun konnte**
Poor Alice! There was not much she could do
**Sie legte sich auf die Seite**
she laid down on one side
**Und sie blickte mit einem Auge in den Garten hinein**
and she looked through into the garden with one eye
**Aber durchzukommen war hoffnungsloser denn je**

but to get through was more hopeless than ever
**Sie setzte sich und fing wieder an zu weinen**
She sat down and began to cry again
**Sie fuhr fort, literweise Tränen zu vergießen**
She went on shedding gallons of tears
**Bald war ein großer Pool um sie herum**
soon there was a large pool all around her
**und das Wasser reichte bis zur Hälfte des Flurs**
and the water reached half-way down the hall
**Nach einer Weile hörte sie ein leises Getrappel von Füßen**
After a time, she heard a little pattering of feet
**Sie hörte die Füße aus der Ferne kommen**
she heard the feet coming from the distance
**Und sie trocknete sich hastig die Augen, um zu sehen, was kommen würde**
and she hastily dried her eyes to see what was coming
**Es war das weiße Kaninchen, das zurückkehrte**
It was the White Rabbit returning
**Er war prächtig gekleidet**
he was splendidly dressed
**Er hatte ein Paar weiße Handschuhe in der einen Hand**
he had a pair of white gloves in one hand
**Und in der anderen Hand hatte er einen großen Federfächer**
and he had a large feather fan in the other hand
**Er kam in großer Eile dahergetrabt**
He came trotting along in a great hurry
**und er murmelte vor sich hin: »Ach! die Herzogin, die Herzogin!«**
and he muttered to himself, "Oh! the Duchess, the Duchess!"
**»Ach! wird sie nicht wild sein, wenn ich sie habe warten lassen?«**
"Oh! won't she be savage if I've kept her waiting!"

**Als das Kaninchen in ihre Nähe kam, sprach Alice**
When the Rabbit came near her, Alice spoke
**aber sie sprach mit leiser, schüchterner Stimme**
but she spoke in a low, timid voice
**"Sir, bitte hören Sie für einen Moment auf, was Sie tun"**
"sir, please stop what you're doing for one moment"
**Das Kaninchen erschrak heftig**
The Rabbit startled violently
**Er ließ die weißen Handschuhe und den Federfächer fallen**
he dropped the white gloves and the feather fan
**und er eilte fort in die Dunkelheit, so schnell er konnte**
and he scurried away into the darkness as fast as he could
**Alice hob den Federfächer und die Handschuhe auf**
Alice picked up the feather fan and gloves
**Und sie fächelte sich immer wieder Luft zu, während sie sprach**
and she kept fanning herself while she kept talking
**»Liebes, liebes Kind! Wie seltsam ist das alles heute!"**
"Dear, dear! How strange everything is today!"

"Gestern ging es weiter wie bisher"
"yesterday things went on just as usual"
"War ich heute Morgen noch so, als ich aufgestanden bin?"
"Was I the same when I got up this morning?"
"Aber wenn ich nicht mehr derselbe bin, dann ist das eine
andere Frage"
"But if I'm not the same, there is another question"
"Wer in aller Welt bin ich?"
"Who in the world am I?"
"Ah, das ist das große Rätsel!"
"Ah, that's the great puzzle!"
Während sie das sagte, blickte sie auf ihre Hände hinunter
As she said this, she looked down at her hands
Sie trug einen der kleinen weißen Handschuhe des
Kaninchens
she was wearing one of the rabbits little white gloves
Sie hatte nicht bemerkt, dass sie den Handschuh angezogen
hatte, während sie sprach
she hadn't noticed she put the glove on while talking
"Wie konnte ich das machen?" dachte sie
"How can I have done that?" she thought
"Ich muss wieder klein werden"
"I must be growing small again"
Sie stand auf und ging zum Tisch, um ihre Größe zu messen
She got up and went to the table to measure her height
Sie stellte fest, dass sie jetzt etwa einen halben Meter groß
war
she found that she was now about half a meter tall
und sie schrumpfte immer noch schnell
and she was still shrinking rapidly
Bald fand sie heraus, was die Ursache für das Schrumpfen
war
She soon found out what the cause of the shrinking was
Der Federfächer machte sie wieder kleiner!
the feather fan was making her smaller again!
Und sie ließ hastig den Federfächer fallen
and she dropped the feather fan hastily

**Sie ließ den Federfächer gerade noch rechtzeitig fallen, um sich zu retten**
she dropped the feather fan just in time to save herself
**Hätte sie sich noch länger Luft zugefächelt, wäre sie völlig zusammengeschrumpft**
had she fanned herself any longer she would have shrunk away entirely
**»Das war ein knappes Entkommen!« sagte Alice**
"That was a narrow escape!" said Alice
**und sie erschrak sehr über die plötzliche Veränderung**
and she was a good deal frightened at the sudden change
**aber sie war sehr froh, daß sie noch da war**
but she was very glad to find herself still in existence
**"Und jetzt ab in den Garten!"**
"And now, off to the garden!"
**Und sie lief mit aller Geschwindigkeit zurück zu der kleinen Tür**
And she ran with all speed back to the little door
**Aber ach! Das Türchen wurde wieder geschlossen**
but, alas! the little door was shut again
**Und das goldene Schlüsselchen lag wieder auf dem Glastisch**
and the little golden key was lying on the glass table again
**"Es ist schlimmer als je!" dachte das arme Kind**
"Things are worse than ever," thought the poor child
**"So klein war ich noch nie, niemals!"**
"I never was so small as this before, never!"
**Bei diesen Worten rutschte ihr Fuß aus**
As she said these words, her foot slipped
**Und im nächsten Augenblick gab es ein großes Plätschern!**
and in another moment there was a great splash!
**Sie stand bis zum Kinn im Salzwasser**
she was up to her chin in salt-water
**Ihre erste Idee war, dass sie irgendwie ins Meer gefallen war**
Her first idea was that she had somehow fallen into the sea
**Sie erkannte jedoch bald, worin sie sich befand**
However, she soon realized what she was in

**Sie war in einer Tränenlache**
she was in a pool of tears
**die Tränen, die sie geweint hatte, als sie zwei Meter groß war**
the tears she had wept when she was two meters tall

**In diesem Augenblick hörte sie etwas**
Just then she heard something
**Etwas plätscherte im Pool herum**
something was splashing about in the pool
**Das Plätschern kam aus einiger Entfernung**
the splashing came from a little way off
**und sie schwamm näher, um zu sehen, was das Plätschern war**
and she swam nearer to see what the splashing was
**Bald sah sie, dass es nur eine kleine Maus war**
she soon saw that it was only a little mouse
**Auch die kleine Maus war ins Wasser geschlüpft**
the little mouse had slipped in to the water too
**Alice dachte bei sich über die Situation nach**
Alice thought to herself about the situation

"Würde es etwas nützen, mit dieser Maus zu sprechen?"
"Would it be of any use to speak to this mouse?"
"Hier unten steht alles auf dem Kopf"
"Everything is so up-side-down down here"
"Ich denke, es ist sehr wahrscheinlich, dass diese Maus sprechen kann."
"I should think very likely this mouse can talk"
"Es schadet jedenfalls nicht, es zu versuchen"
"at any rate, there's no harm in trying"
Also begann sie zu versuchen, mit der Maus zu sprechen
So she began trying to talk to the mouse
"Oh Maus, kennst du den Weg aus diesem Pool?"
"Oh Mouse, do you know the way out of this pool?"
"Ich bin es leid, hier herumzuschwimmen, oh Maus!"
"I am very tired of swimming about here, Oh Mouse!"
Die Maus schaute sie ziemlich neugierig an
The mouse looked at her rather inquisitively
Die Maus schien mit einem ihrer kleinen Augen zu blinzeln
the mouse seemed to wink with one of its little eyes
Aber die kleine Maus sagte nichts
but the little mouse said nothing
"Vielleicht versteht die Maus kein Englisch!" dachte Alice
"Perhaps the mouse doesn't understand English," thought Alice
"Ich wage zu behaupten, es ist eine französische Maus"
"I dare say it's a French mouse"
"Vielleicht kam diese Maus mit Wilhelm dem Eroberer herüber"
"perhaps this mouse came over with William the Conqueror"
Also fing sie wieder an, auf Französisch
So she began again, in French
"Wo ist meine Katze?", fragte sie auf Französisch
"Where is my cat?" she asked in French
es war der erste Satz in ihrem französischen Unterrichtsbuch
it was the first sentence in her French lesson-book
Die Maus machte einen plötzlichen Sprung aus dem Wasser
The Mouse gave a sudden leap out of the water

**Und die Maus schien am ganzen Leibe vor Schreck zu zittern**
and the mouse seemed to quiver all over with fright
**"Oh, ich bitte um Verzeihung!" rief Alice hastig**
"Oh, I beg your pardon!" cried Alice hastily
**Sie fürchtete, sie habe die Gefühle des armen Tieres verletzt**
she was afraid that she had hurt the poor animal's feelings
**"Ich habe ganz vergessen, dass du keine Katzen magst"**
"I quite forgot you didn't like cats"
**"Ich mag keine Katzen!" rief die Maus mit schriller, leidenschaftlicher Stimme**
"I don't like cats!" cried the Mouse in a shrill, passionate voice
**"Hättest du gerne Katzen, wenn du ich wärst?"**
"Would you like cats, if you were me?"
**Alice tröstete die Maus in einem beruhigenden Ton**
Alice comforted the mouse in a soothing tone
**"Naja, vielleicht würde ich an deiner Stelle auch keine Katzen mögen"**
"Well, perhaps I would not like cats if I were you either"
**"Bitte ärgern Sie sich nicht über die Erwähnung von Katzen"**
"please don't be angry about the mention of cats"
**"Und doch wünschte ich, ich könnte dir unsere Katze Dina zeigen"**
"And yet I wish I could show you our cat Dinah"
**"Wenn du sie treffen würdest, würdest du wohl Gefallen an Katzen finden"**
"if you met her I think you'd take a fancy to cats"
**"Wenn du sie nur sehen könntest"**
"if you could only see her"
**"Sie ist so ein liebes, stilles Ding"**
"She is such a dear, quiet thing"
**Die Maus zitterte am ganzen Körper**
The mouse was shaking all over
**Alice war sich sicher, dass die Maus wirklich beleidigt sein musste**
Alice felt certain the mouse must be really offended
**"Wir reden nicht mehr über sie, wenn du lieber nicht willst"**

"We won't talk about her any more, if you'd rather not"
**"Wir, allerdings!" rief die Maus**
"We, indeed!" cried the Mouse
**Die Maus zitterte bis zum Ende ihres Schwanzes**
the mouse was trembling down to the end of its tail
**»Als ob ich über so ein Thema reden würde!«**
"As if I would talk on such a subject!"
**"Unsere Familie hat Katzen schon immer gehasst"**
"Our family always hated cats"
**"Katzen; Gemeine, niedrige, gemeine Dinger!"**
"cats; nasty, low, vulgar things!"
**"Laß mich den Namen nicht noch einmal hören!"**
"Don't let me hear the name again!"
**"Katzen will ich ja nicht mehr erwähnen!" sagte Alice**
"I won't mention cats again indeed!" said Alice
**Sie hatte es sehr eilig, das Thema zu wechseln**
she was in a great hurry to change the subject
**"Bist du... Lieben Sie Hunde?«**
"Are you... are you fond of dogs?"
**"Es gibt so einen netten kleinen Hund in der Nähe unseres
Hauses."**
"There is such a nice little dog near our house,"
**"Ich möchte dir den kleinen Hund zeigen!"**
"I should like to show you the little dog!"
**"Dieser kleine Hund tötet alle Ratten und...**
"this little dog kills all the rats and...
**»O je!« rief Alice in traurigem Tone**
"oh, dear!" cried Alice in a sorrowful tone
**»Ich fürchte, ich habe dich schon wieder beleidigt!«**
"I'm afraid I've offended you again!"
**Die Maus schwamm so schnell sie konnte von ihr weg**
the mouse was swimming away from her as fast as it could go
**Und die Maus machte einen ziemlichen Aufruhr im Tümpel**
and the mouse made quite a commotion in the pool
**Da rief sie leise der Maus nach**
So she called softly after the mouse
**"Meine liebe Maus, komm bitte zurück!"**

"my dear mouse, please come back!"
**"Und wir werden nicht über Katzen sprechen"**
"and we won't talk about cats"
**"Und über Hunde müssen wir auch nicht reden"**
"and we don't have to talk about dogs either"
**Als die Maus das hörte, drehte sie sich um**
When the mouse heard this, it turned around
**Und die kleine Maus schwamm langsam zu ihr zurück**
and the little mouse swam slowly back to her
**Das Gesicht der Maus war ganz blaß**
the mouse's face was quite pale
**Und die Maus sprach mit leiser, zitternder Stimme**
and the mouse spoke, in a low, trembling voice
**"Lasst uns ans Ufer gehen"**
"Let us get to the shore"
**"Und dann erzähle ich dir meine Geschichte"**
"and then I'll tell you my history"
**"Und du wirst verstehen, warum ich Katzen und Hunde hasse"**
"and you'll understand why it is I hate cats and dogs"
**Es war höchste Zeit zu gehen**
It had become high time to go
**weil der Pool ziemlich voll wurde**
because the pool was getting quite crowded
**Andere Vögel und Tiere waren in den Pool gefallen**
other birds and animals had fallen into the pool
**es gab eine Ente und einen Dodo**
there were a Duck and a Dodo
**und da waren ein Lory-Vogel und ein Adler**
and there was a Lory bird and an Eaglet
**und es gab noch einige andere interessant aussehende Kreaturen**
and there were several other interesting looking creatures
**Alice führte den Weg aus dem Pool**
Alice led the way out the pool
**und die ganze Gesellschaft der Tiere schwamm ans Ufer**
and the whole party of animals swam to the shore

### Ein Caucus-Rennen und ein langer Schwanz
A Caucus-Race and a Long Tail

**Es waren in der Tat ein lustig aussehender Haufen Tiere**
They were indeed a funny-looking bunch of animals
**und sie versammelten sich alle am Ufer des Wassers**
and they all assembled on the water's bank
**die Vögel hatten alle zerzauste Federn**
the birds all had bedraggled feathers
**und die pelzigen Tiere waren durchnässt**
and the furry animals were soaked through
**und alle waren triefend nass, genervt und unwohl**
and all were dripping wet, annoyed and uncomfortable

**Es gab eine Frage, die zuerst beantwortet werden musste**
there was one question that had to be answered first
**Was ist der beste Weg für alle, um trocken zu werden?**
what is the best way for everyone to get dry?
**Sie hatten eine Konsultation zu diesem Thema**
They had a consultation about this matter

**Bald waren sie alle auf vertrautem Einvernehmen**
soon they were all on familiar terms
**Es war, als ob sie sie ihr ganzes Leben lang gekannt hätte**
it was as if she had known them all her life
**Die Maus schien eine Person mit einer gewissen Autorität zu sein**
the mouse seemed to be a person of some authority
**"Setzt euch, ihr alle, und hört mir zu!"**
"Sit down, all of you, and listen to me!"
**"Ich werde euch bald wieder alle trocken machen!"**
"I'll soon make you all dry again!"
**Sie setzten sich alle auf einmal in einem großen Ring nieder**
They all sat down at once, in a large ring
**Und die kleine Maus saß in der Mitte**
and the little mouse sat in the middle
**"Ähm!" sagte die Maus mit einer wichtigen Miene**
"Ahem!" said the mouse with an important air
**"Seid ihr bereit?"**
"Are you all ready?"
**"Das ist das Trockenste, was ich kenne"**
"This is the driest thing I know"
**»Schweigen Sie ringsum, wenn Sie wollen!«**
"Silence all around, if you please!"
**"Wilhelm der Eroberer wurde vom Papst begünstigt"**
"William the Conqueror was favoured by the pope"
**"aber er wurde bald von den Engländern unterworfen"**
"but he was soon submitted to by the English"
**"Sie wollten in letzter Zeit Führer"**
"they wanted leaders of late"
**"Und sie waren an Macht und Eroberung gewöhnt"**
"and they had been accustomed to power and conquest"
**"Edwin und Morcar, die Grafen von Mercia und Northumbria"**
"Edwin and Morcar, the Earls of Mercia and Northumbria"
**»Pfui!« sagte der Lori-Vogel mit einem Schauer**
"Ugh!" said the lori bird, with a shiver
**"und sogar Stigand, der patriotische Erzbischof von**

Canterbury"
"and even Stigand, the patriotic archbishop of Canterbury"
**"Er fand es auch ratsam"**
"he also found it advisable"
**"Was hielt er für ratsam?" fragte die Ente**
"What did he find advisable?" said the duck
**"Er fand es ratsam", antwortete die Maus ziemlich verärgert**
"He found it advisable" the mouse replied rather crossly
**aber die Ente war nicht zufrieden**
but the duck was not satisfied
**"Natürlich weißt du, was 'es' bedeutet"**
"of course, you know what 'it' means"
**"Ich weiß, was es ist, wenn ich etwas finde," sagte die Ente**
"I know what 'it' is when I find a thing," said the duck
**"Es ist in der Regel ein Frosch oder ein Wurm"**
"it's generally a frog or a worm"
**"Die Frage ist, was hat der Erzbischof gefunden?"**
"The question is, what did the archbishop find?"
**Die Maus bemerkte diese Frage nicht**
The mouse did not notice this question
**Stattdessen fuhr die Maus hastig mit der Rede fort**
instead, the mouse hurriedly went on with the speech
**"Er fand es ratsam, mit Edgar Atheling zu gehen"**
"he found it advisable to go with Edgar Atheling"
**"um William zu treffen und ihm die Krone anzubieten"**
"to meet William and offer him the crown"
**fuhr die Maus fort und wandte sich dabei an Alice**
the mouse continued, turning to Alice as it spoke
**»Wie geht es dir jetzt, meine Liebe?«**
"How are you getting on now, my dear?"
**»So naß wie immer,« sagte Alice in melancholischem Tone**
"As wet as ever," said Alice in a melancholy tone
**"Diese Geschichte scheint mich überhaupt nicht auszutrocknen"**
"this story doesn't seem to dry me at all"
**»In diesem Falle,« sagte der Dodo feierlich und erhob sich**
"In that case," said the dodo solemnly, rising to its feet

"Ich stimme dafür, dass die Sitzung vertagt wird"

"I vote that the meeting be adjourned"

"und ich schlage vor, sofort energischere Heilmittel zu ergreifen"

"and I propose an immediate adoption of more energetic remedies"

"Sprich wahre Worte!" sagte der Adler

"Speak real words!" said the eaglet

"Ich weiß nicht, was die Hälfte dieser langen Worte bedeutet"

"I don't know the meaning of half of those long words"

»und außerdem glaube ich nicht, daß Sie es wissen!«

"and, what's more, I don't believe you know either!"

»Was ich sagen wollte«, sagte der Dodo in beleidigtem Ton

"What I was going to say," said the dodo in an offended tone

"Das Beste, was uns trocken kriegt, wäre ein Caucus-Rennen"

"the best thing to get us dry would be a caucus-race"

»Was ist ein Caucus-Rennen?« fragte Alice

"What is a caucus-race?" said Alice

"Nun", sagte der Dodo, "der beste Weg, es zu erklären, ist, es
zu tun."
"Well," said the dodo, "the best way to explain it is to do it"
"Zuerst steckte der Dodo eine Rennbahn ab"
"First the dodo marked out a race-course"
"Die Strecke verlief in einer Art Kreis"
"the track was in a sort of circle"
"Und dann wurde die ganze Gesellschaft entlang der Strecke
platziert"
"and then all the party were placed along the course"
Es gab kein "Eins, zwei, drei und weg!"
There was no "One, two, three and away!"
aber sie fingen an zu rennen, wann sie wollten
but they began running when they liked
Und sie beendeten auch, wenn sie wollten
and they also finished when they liked
Es war also nicht einfach zu wissen, wann das Rennen
vorbei war
so it was not easy to know when the race was over
Nach etwa einer halben Stunde Laufen waren sie alle
ziemlich trocken
after half an hour or so of running they were all quite dry
der Dodo rief plötzlich: "Das Rennen ist vorbei!"
the dodo suddenly called out, "The race is over!"
Und sie drängten sich alle um den Dodo
and they all crowded around the dodo
Alle Tiere hechelten und schnauften
all the animals were panting and puffing
und sie alle wollten wissen: "Aber wer hat gewonnen?"
and they all wanted to know, "But who has won?"
Diese Frage konnte der Dodo nicht sofort beantworten
This question the dodo could not immediately answer
Zuerst musste er sehr viel nachdenken
first he had to do a great deal of thinking
Nach langem Nachdenken sprach der Dodo schließlich
after much thinking, the dodo finally spoke
"Jeder hat gewonnen, und jeder muss Preise haben"

"Everybody has won, and all must have prizes"
**»Aber wer soll die Preise geben?« fragte ein Chor von Stimmen**
"But who is to give the prizes?" asked a chorus of voices
**"Nun, sie natürlich", sagte der Dodo**
"Well, she, of course," said the dodo
**und der Dodo deutete mit einem Finger auf Alice**
and the dodo pointed with one finger to Alice
**und die ganze Gesellschaft von Tieren drängte sich um sie**
and the whole party of animals crowded around her
**sie riefen verwirrt: »Preise! Preise!"**
they called out, in a confused way, "Prizes! Prizes!"
**Alice hatte keine Ahnung, was sie tun sollte**
Alice had no idea what to do
**Verzweifelt steckte sie die Hand in die Tasche**
in despair she put her hand into her pocket
**Und sie zog eine Schachtel mit Süßigkeiten hervor**
and she pulled out a box of sweets
**Glücklicherweise war das Salzwasser nicht in den Kasten gelangt**
luckily the salt-water had not got into the box
**Und sie reichte die Süßigkeiten als Preise herum**
and she handed the sweets around as prizes
**Es gab genau ein Stück für jeden**
There was exactly one piece for everyone
**Das nächste, was sie tun mussten, war, die Süßigkeiten zu essen**
The next thing they had to do was to eat the sweets
**Dies verursachte einige Geräusche und Verwirrung**
this caused some noise and confusion
**Die großen Vögel klagten, dass sie ihre Süßigkeiten nicht schmecken konnten**
the large birds complained that they could not taste their sweets
**Die Kleinen verschluckten sich und mussten auf den Rücken geklopft werden**
the small ones choked and had to be patted on the back

**Doch dann war es endlich vorbei**
However, it was over at last
**Und sie setzten sich wieder in einem Ring nieder**
and they sat down again in a ring
**Und sie flehten die Maus an, ihnen noch etwas zu erzählen**
and they begged the mouse to tell them something more
**»Du hast versprochen, mir deine Geschichte zu erzählen, weißt du,« sagte Alice**
"You promised to tell me your history, you know," said Alice
**und sie machte noch eine kleine Bemerkung über Katzen im Flüsterton**
and she made another little remark about cats in a whisper
**Sie wollte die Maus nicht noch einmal beleidigen**
she didn't want to offend the mouse again
**die kleine Maus drehte sich zu Alice um und seufzte**
the little mouse turned to Alice and sighed
**"Meine Geschichte ist lang und traurig!"**
"Mine is a long and a sad tale!"
**»Es ist gewiß ein langer Schwanz,« sagte Alice**
"It is a long tail, certainly," said Alice
**Und sie blickte verwundert auf den Schwanz der Maus hinunter**
and she looked down with wonder at the mouse's tail
**"Aber warum nennst du es einen traurigen Schwanz?"**
"but why do you call it a sad tail?"
**Und sie rätselte unaufhörlich, während die Maus sprach**
And she kept on puzzling about it while the mouse was speaking
**so daß ihre Vorstellung von der Geschichte ungefähr so aussah**
so that her idea of the tale was something like this

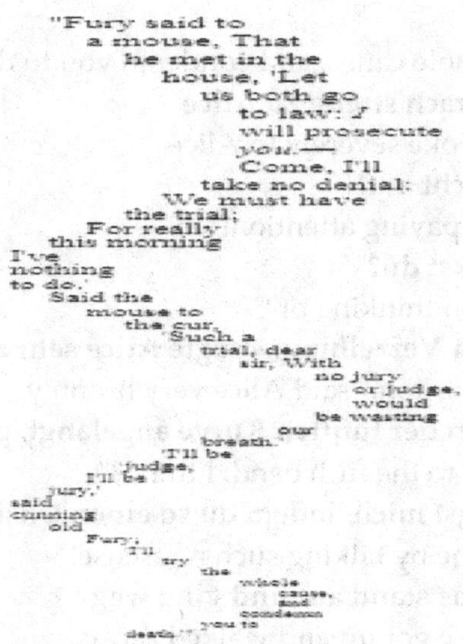


**Fury sagte zu einer Maus, die er im Haus getroffen hat."**

Fury said to a mouse, That he met in the house"

**Lasst uns beide vor Gericht gehen: Ich werde euch anklagen**

Let us both go to law: I will prosecute you

**Kommen Sie, ich leugne es nicht: Wir müssen den Prozeß haben**

Come, I'll take no denial: We must have the trial

**Denn heute morgen habe ich wirklich nichts zu tun**

For really this morning I've nothing to do

**Sagte die Maus zum Pfarrer;**

Said the mouse to the cur;

**Ein solcher Prozeß, lieber Herr, ohne Geschworene und Richter, würde uns den Atem rauben**

Such a trial, dear sir, With no jury or judge, would be wasting our breath

**»Ich werde Richter sein, ich werde Geschworener sein«, sagte der schlaue alte Fury**

"I'll be judge, I'll be jury," said cunning old Fury

**Ich werde die ganze Sache prüfen und dich zum Tode**

verurteilen
I'll try the whole cause, and condemn you to death
**die Maus sprach streng zu Alice**
the mouse spoke severely to Alice
**"Du passt nicht auf!"**
"You are not paying attention!"
**"Woran denkst du?"**
"What are you thinking of?"
**»Ich bitte um Verzeihung,« sagte Alice sehr demütig**
"I beg your pardon," said Alice very humbly
**»Sie waren in der fünften Kurve angelangt, glaube ich?«**
"you had got to the fifth bend, I think?"
**"Du beleidigst mich, indem du so einen Unsinn redest!"**
"You insult me by talking such nonsense!"
**Und die Maus stand auf und ging weg**
and the mouse got up and walked away
**Alice rief der kleinen Maus hinterher**
Alice called after the little mouse
**"Bitte komm zurück und beende deine Geschichte!"**
"Please come back and finish your story!"
**Und die andern stimmten alle in den Chor ein**
And the others all joined in chorus
**"Ja, bitte beenden Sie Ihre Geschichte!"**
"Yes, please do finish your story!"
**Aber die Maus schüttelte nur ungeduldig den Kopf**
But the mouse only shook its head impatiently
**Und die kleine Maus ging ein wenig schneller**
and the little mouse walked a little quicker
**"Ich wünschte, ich hätte Dinah, unsere Katze, hier!" sagte Alice**
"I wish I had Dinah, our cat, here!" said Alice
**Dies erregte in der Partei ein bemerkenswertes Aufsehen**
This caused a remarkable sensation among the party
**Einige der Vögel eilten sofort davon**
Some of the birds hurried off at once
**und ein Kanarienvogel rief mit zitternder Stimme seinen Kindern zu;**

and a Canary called out in a trembling voice, to its children;

**»Kommt fort, meine Lieben!«**

"Come away, my dears!"

**"Es ist höchste Zeit, dass ihr alle im Bett seid!"**

"It's high time you were all in bed!"

**Mit verschiedenen Ausreden gingen sie alle weg**

with various excuses they all went away

**und Alice war bald allein**

and Alice was soon left alone

**"Ich wünschte, ich hätte Dina nicht erwähnt!"**

"I wish I hadn't mentioned Dinah!"

**"Niemand scheint sie hier unten zu mögen"**

"Nobody seems to like her down here"

**"Aber ich bin mir sicher, dass sie die beste Katze von der Welt ist!"**

"but I'm sure she's the best cat in the world!"

**Die arme Alice fing wieder an zu weinen**

Poor Alice began to cry again

**weil sie sich sehr einsam und niedergeschlagen fühlte**

because she felt very lonely and low-spirited

**Nach einer Weile aber hörte sie wieder etwas**

In a little while, however, she again heard something

**ein leises Getrappel von Schritten in der Ferne**

a little pattering of footsteps in the distance

**und sie blickte eifrig auf**

and she looked up eagerly

**Es war das weiße Kaninchen, das langsam wieder zurücktrabte**
It was the white rabbit, trotting slowly back again
**Er sah sich ängstlich um, während er ging**
he was looking about anxiously as he went
**Er sah aus, als hätte er etwas verloren**
he looked as if he had lost something
**Alice hörte, wie er vor sich hin murmelte**
Alice heard him muttering to himself
**»Die Herzogin! Die Herzogin! Oh, meine lieben Pfoten!"**
"The Duchess! The Duchess! Oh, my dear paws!"
**"Oh, mein Fell und meine Schnurrhaare!"**
"Oh, my fur and whiskers!"
**"Sie wird mich hinrichten lassen, da bin ich mir sicher"**
"She'll get me executed, I'm sure of that"
**"Genauso sicher, wie Frettchen Frettchen sind!"**
"just as sure as ferrets are ferrets!"

"Wo kann ich meine Sachen abgestellt haben, frage ich
mich?"
"Where can I have dropped my things, I wonder?"
**Alice erriet in einem Augenblick, was er suchte**
Alice guessed in a moment what he was looking for
**Er war auf der Suche nach dem Federfächer**
he was looking for the feather fan
**Und er suchte nach dem Paar weißer Handschuhe**
and he was looking for the pair of white gloves
**So machte sie sich sehr gutmütig auf die Suche nach den
Handschuhen**
so she very good-naturedly began looking for the gloves
**Und sie suchte auch nach dem Federfächer**
and she looked for the feather fan too
**Aber die Handschuhe und der Federfächer waren nirgends
zu sehen**
but the gloves and feather fan were nowhere to be seen
**Alles schien sich verändert zu haben, seit sie im Pool
geschwommen war**
everything seemed to have changed since her swim in the pool
**Nichts war mehr so, wie es war, seit sie in der Großen Halle
gewesen war**
nothing was the same since she had been in the great hall
**und der Glastisch war verschwunden**
and the glass table had vanished
**Und die kleine Tür war auch nicht da**
and the little door wasn't there either
**Sehr bald bemerkte das Kaninchen Alice**
Very soon the rabbit noticed Alice
**rief er ihr in zornigem Ton zu**
he called to her in an angry tone
**"Mary Ann, was machst du hier draußen?"**
"Mary Ann, what are you doing out here?"
**"Lauf in diesem Moment nach Hause"**
"Run home this moment"
**"Und hol mir ein Paar Handschuhe und einen Federfächer!"**
"and fetch me a pair of gloves and a feather fan!"

"Und beeil dich!"
"and be quick about it!"
**Alice sprach mit sich selbst, als sie davonrannte**
Alice spoke to herself as she ran off
**"Er muss mich für sein Hausmädchen gehalten haben!"**
"He must have mistaken me for his housemaid!"
**"Wie überrascht wird er sein, wenn er herausfindet, wer ich bin!"**
"How surprised he'll be when he finds out who I am!"
**Während sie dies sagte, stieß sie auf ein hübsches Häuschen**
As she said this, she came upon a neat little house
**An der Tür des Hauses hing eine helle Messingplatte**
on the door of the house was a bright brass plate
**"W. HASE"**
"W. RABBIT"
**Sie trat ein, ohne an die Tür zu klopfen**
She went in without knocking on the door
**und sie eilte geradewegs die Treppe hinauf**
and she hurried straight upstairs
**sie machte sich Sorgen, dass sie die echte Mary Ann treffen könnte**
she worried that she might meet the real Mary Ann
**denn dann würde sie aus dem Haus gejagt werden**
because then she would be turned out of the house
**Und sie würde den Federfächer und die Handschuhe nicht finden können**
and she wouldn't be able to find the feather fan and gloves
**Alice hatte den Weg in ein aufgeräumtes Kämmerlein gefunden**
Alice had found her way into a tidy little room
**Im Zimmer stand ein Tisch am Fenster**
in the room was a table by the window
**und auf dem Tisch stand ein Federfächer**
and on the table was a feather fan
**Und da waren zwei oder drei Paar winzige weiße Handschuhe**
and there were two or three pairs of tiny white gloves

**Sie hob den Federfächer und ein Paar Handschuhe auf**
she picked up the feather fan and a pair of the gloves
**und sie war eben im Begriff, das Zimmer zu verlassen**
and she was just about to leave the room
**Aber dann fiel ihr Blick auf ein Fläschchen**
but then her eyes fell upon a little bottle
**Sie entkorkte die Flasche und führte sie an ihre Lippen**
She uncorked the bottle and put it to her lips
**"Ich hoffe, dass ich dadurch wieder groß werde"**
"I do hope it'll make me grow large again"
**"Ich bin es leid, so ein winziges Ding zu sein!"**
"I'm tired of being such a tiny little thing!"
**Alice hatte kaum die halbe Flasche getrunken**
Alice had hardly drunk half the bottle
**Ihr Kopf drückte bereits gegen die Decke**
her head was already pressing against the ceiling
**und sie musste sich bücken**
and she had to stoop down
**um ihr das Genick vor dem Genickbruch zu bewahren**
to save her neck from being broken
**Hastig stellte sie die Flasche ab**
She hastily put down the bottle
**"Das reicht"**
"That's quite enough"
**"Ich hoffe, ich wachse nicht mehr"**
"I hope I don't grow anymore"
**Leider! Es war zu spät, das zu wünschen!**
Alas! It was too late to wish that!
**Sie wuchs und wuchs weiter**
She went on growing and growing
**und sehr bald musste sie sich auf den Boden knien**
and very soon she had to kneel down on the floor
**und selbst dann wuchs sie weiter**
and even then she went on growing
**Als letztes Mittel streckte sie einen Arm aus dem Fenster**
as a last resource she put one arm out of the window
**und sie setzte einen Fuß auf den Schornstein**

and she put one foot up the chimney
**"Jetzt kann ich nicht mehr, was auch immer passiert"**
"Now I can do no more, whatever happens"
**»Was wird aus mir?«**
"What will become of me?"

**Alice hatte Glück**
Alice had a spot of luck
**Das kleine Zauberfläschchen hatte seine volle Wirkung entfaltet**
the little magic bottle had had its full effect
**und Alice wurde nicht größer, als sie war**
and Alice grew no larger than she was
**Nach ein paar Minuten hörte sie draußen eine Stimme**
After a few minutes she heard a voice outside
**Und sie blieb stehen, um der Stimme zu lauschen**
and she stopped to listen to the voice
**»Mary Ann! Mary Ann!« sagte die Stimme**
"Mary Ann! Mary Ann!" said the voice
**"Hol mir gleich meine Handschuhe!"**
"Fetch me my gloves this moment!"
**Dann ertönte ein leises Getrappel von Füßen auf der Treppe**

Then came a little pattering of feet on the stairs
**Alice wusste, dass es das Kaninchen war, das kam, um sie zu suchen**
Alice knew it was the rabbit coming to look for her
**und sie zitterte, bis sie das Haus erschütterte**
and she trembled till she shook the house
**Sie vergaß ganz, welche Proportionen sie hatte**
she quite forgot what her proportions were
**Sie war tausendmal so groß wie das Kaninchen**
she was a thousand times as large as the rabbit
**und sie hatte keinen Grund, sich vor einem Kaninchen zu fürchten**
and she had no reason to be afraid of a rabbit
**Bald kam das Kaninchen an die Tür heran**
Presently the rabbit came up to the door
**Und das kleine Kaninchen versuchte, die Tür zu öffnen**
and the little rabbit tried to open the door
**Die Tür begann sich nach innen zu öffnen**
the door started to open inwards
**aber Alices Ellbogen wurde hart gegen die Tür gedrückt**
but Alice's elbow was pressed hard against the door
**Dieser Versuch erwies sich als Fehlschlag**
that attempt proved a failure
**Alice hörte, wie das Kaninchen mit sich selbst sprach**
Alice heard the rabbit speak to himself
**"Dann gehe ich herum und steige durch das Fenster ein"**
"Then I'll go around and get in through the window"
**"Das wirst du nicht!" dachte Alice**
"That you won't!" thought Alice
**und sie wartete wieder ein wenig**
and she waited a little again
**Bald hörte sie das Kaninchen gerade unter dem Fenster**
soon she heard the rabbit just under the window
**Plötzlich streckte sie ihre Hand aus**
she suddenly spread out her hand
**Und sie machte einen Sprung in die Luft**
and she made a snatch in the air

**Sie bekam nichts in die Finger**
She did not get hold of anything
**aber sie hörte einen kleinen Schrei und einen Sturz**
but she heard a little shriek and a fall
**und sie hörte ein Krachen von zerbrochenem Glas**
and she heard a crash of broken glass
**Vielleicht war das Kaninchen gefallen**
perhaps the rabbit had fallen
**Vielleicht war er in einem Gewächshaus**
maybe he was in a green-house
**Dann ertönte eine zornige Stimme; Die Stimme des Kaninchens**
Next came an angry voice; the rabbit's voice
**"Pat, wo bist du?"**
"Pat, where are you?"
**Und dann ertönte eine Stimme, die sie noch nie zuvor gehört hatte**
And then came a voice she had never heard before
**"Euer Ehren, ich bin hier!"**
"your honour, I'm here!"
**"Ich grabe nach Äpfeln"**
"I'm digging for apples"
**»Hier! Komm und hilf mir da raus!"**
"Here! Come and help me out of this!"
**»Nun sag mir, Pat, was ist das da im Fenster?«**
"Now tell me, Pat, what's that in the window?"
**"Sicher, Euer Ehren, ich werde es Ihnen sagen"**
"Sure, your honour, I will tell you"
**"Das ist ein Arm, der im Fenster steckt!"**
"it's an arm that's in the window!"
**"Na ja, da hat ein Arm nichts zu suchen"**
"Well, an arm has no business there"
**"Geh und nimm den Arm weg!"**
"go and take the arm away!"
**Hierauf trat ein langes Schweigen ein**
There was a long silence after this
**und Alice konnte nur ab und zu ein Flüstern hören**

and Alice could only hear whispers now and then
**und endlich streckte sie die Hand wieder aus**
and at last she spread out her hand again
**Und sie machte einen weiteren Sprung in die Luft**
and she made another snatch in the air
**Diesmal gab es zwei kleine Schreie**
This time there were two little shrieks
**und es gab noch mehr Geräusche von zerbrochenem Glas**
and there was more sounds of broken glass
**"Ich möchte wohl wissen, was sie nun tun werden!" dachte Alice**
"I wonder what they'll do next!" thought Alice
**"Ich wünschte, sie würden mich aus dem Fenster ziehen"**
"I wish they would pull me out the window"
**Sie wartete eine Weile**
She waited for some time
**aber eine Weile hörte sie nichts mehr**
but for a while she didn't hear anything more
**Endlich ertönte das Rumpeln kleiner Rädchen**
At last came a rumbling of little wheels
**Und da ertönten viele Stimmen**
and there came the sound of a good many voices
**Alle Stimmen sprachen miteinander**
all the voices were talking together
**Sie konnte einige der Worte verstehen**
She could make out some of the words
**"Wo ist die andere Leiter?"**
"Where's the other ladder?"
**"Bill hat die andere Leiter"**
"Bill's got the other ladder"
**"Bill, komm her!"**
"Bill, come here!"
**"Wird das Dach die Last tragen?"**
"Will the roof bear the load?"
**"Wer will schon den Schornstein hinuntergehen?"**
"Who wants to go down the chimney?"
**»Nein, das werde ich nicht! Du machst es!"**

"Nay, I shall not! You do it!"
**»Hier, Bill!«**
"Here, Bill!"
**"Der Meister sagt, du musst in den Schornstein hinunter!"**
"The master says you've got to go down the chimney!"
**Alice zog ihren Fuß so weit den Schornstein hinab, wie sie konnte**
Alice drew her foot as far down the chimney as she could
**Und dann wartete sie, was kommen würde**
and then she waited to see what was coming
**Sie hörte ein kleines Tier kratzen und krabbeln**
she heard a little animal scratching and scrambling
**Das Tierchen muss sich im Schornstein befinden**
the little animal must be in the chimney
**dann gab sie einen scharfen Tritt**
then she gave one sharp kick
**Und sie wartete ab, was als nächstes geschehen würde**
and she waited to see what would happen next
**Sie hörte einen allgemeinen Chor von Stimmen**
she heard a general chorus of voices
**"Da geht Bill!", sagten alle**
"There goes Bill!" they all said
**Dann hörte sie allein die Stimme des Kaninchens**
then she heard the rabbit's voice alone
**"Du an der Hecke, fang ihn!"**
"You by the hedge, catch him!"
**Es trat wieder ein Augenblick des Schweigens ein**
there was another moment of silence
**Und dann gab es wieder ein Stimmengewirr**
and then there was another confusion of voices
**"Halt seinen Kopf hoch, Brandy"**
"Hold up his head, Brandy"
**"Pass auf, dass du ihn nicht würgst"**
"be careful not to choke him"
**"Was ist mit dir passiert?"**
"What happened to you?"
**Zuletzt kam eine kleine, schwache, quietschende Stimme**

Last came a little feeble, squeaking voice
**"Nun, ich weiß es kaum mehr"**
"Well, I hardly know no more"
**"Danke euch allen, mir geht es jetzt besser"**
"thank you all, I'm better now"
**"Es gibt eine Sache, an die ich mich erinnern kann"**
"there is one thing I can remember"
**"Irgendetwas kommt auf mich zu wie ein Zug im Tunnel"**
"something comes at me like a train in a tunnel"
**"Und ich fliege hoch wie eine Rakete!"**
"and up I fly like a sky-rocket!"
**Es gab ein oder zwei Minuten des Schweigens**
there was a minute or two of silence
**Und dann fingen sie wieder an, sich zu bewegen**
and then they began moving about again
**und Alice hörte das Kaninchen wieder sprechen**
and Alice heard the Rabbit speak again
**"Ein Karren voll reicht für den Anfang"**
"A barrowful will do, to begin with"
**"Einen Karren voll wovon?" dachte Alice**
"A barrowful of what?" thought Alice
**Aber sie wurde nicht lange in Atem gehalten**
But she was not kept in suspense for long
**Ein Regen von kleinen Kieselsteinen drang durch das Fenster**
a shower of little pebbles came through the window
**und einige der kleinen Kieselsteine trafen sie im Gesicht**
and some of the little pebbles hit her in the face
**Alice wunderte sich über die kleinen Kieselsteine**
Alice was surprised about the little pebbles
**all die kleinen Kieselsteine verwandelten sich in Kuchen**
all the little pebbles were turning into cakes
**und eine glänzende Idee kam ihr in den Kopf**
and a bright idea came into her head
**"Einen von diesen Kuchen sollte ich essen"**
"I should eat one of these cakes"
**"Der Kuchen wird sicher etwas an meiner Größe ändern"**

"cake is sure to make some change in my size"
**Also schluckte sie einen der Kuchen**
So she swallowed one of the cakes
**und sie freute sich, als sie feststellte, dass sie anfing zu schrumpfen**
and she was delighted to find that she began shrinking
**Bald war sie klein genug, um durch die Tür zu kommen**
soon she was small enough to get through the door
**Sie rannte aus dem Haus**
she ran out of the house
**Draußen wartete eine Menge kleiner Tiere und Vögel**
a crowd of little animals and birds were waiting outside
**alle kleinen Vögel und Tiere stürzten sich auf Alice**
all the little birds and animals rushed at Alice
**aber sie rannte davon, so schnell sie konnte**
but she ran off as fast as she could
**und bald fand sie sich sicher in einem dichten Walde**
and soon she found herself safe in a thick wood
**Alice irrte im Walde umher**
Alice wandered about in the woods
**Und sie dachte bei sich:**
and she thought to herself:
**"Ich weiß, was ich zuerst zu tun habe"**
"I know what I have to do first"
**"erst muss ich wieder auf meine richtige Größe wachsen"**
"first I have to grow to my right size again"
**"Und dann muss ich den Weg in diesen schönen Garten finden"**
"and then I have to find my way into that lovely garden"
**"Ich glaube, ich sollte irgendetwas essen oder trinken"**
"I suppose I ought to eat or drink something or other"
**"Aber die Frage ist, was soll ich essen oder trinken?"**
"but the question is what should I eat or drink?"
**Alice blickte sich um und betrachtete die Blumen**
Alice looked all around her at the flowers
**Und sie schaute durch die Grashalme hindurch**
and she looked through the blades of grass

**aber sie konnte nichts zu essen und zu trinken sehen**
but she could not see anything to eat or drink
**Nichts sah nach dem Richtigen zum Essen oder Trinken aus**
nothing looked like the right thing to eat or drink
**In ihrer Nähe wuchs ein großer Pilz**
There was a large mushroom growing near her
**der Pilz war ungefähr so groß wie Alice**
the mushroom was about the same height as Alice
**Sie streckte sich auf den Zehenspitzen auf**
She stretched herself up on tiptoes
**Und sie guckte über den Rand des Pilzes**
and she peeped over the edge of the mushroom
**Ihre Augen trafen sofort die Augen einer großen blauen Raupe**
her eyes immediately met the eyes of a large blue caterpillar
**Die Raupe saß auf der Spitze des Pilzes**
the caterpillar was sitting on the top of the mushroom
**und die Raupe hatte alle Arme gekreuzt**
and the caterpillar had crossed all his arms
**Und er rauchte leise eine lange Wasserpfeife**
and he was quietly smoking a long hookah
**und er nahm nicht die geringste Notiz von irgendetwas**
and he took not the smallest notice of anything
**und er achtete gewiß nicht auf Alice**
and he certainly didn't pay attention to Alice

**Endlich nahm die Raupe die Shisha aus dem Maul**
At last the caterpillar took the hookah out of its mouth
**und er redete Alice mit einer trägen, schläfrigen Stimme an**
and he addressed Alice in a languid, sleepy voice
**"Wer bist du?" fragte die Raupe**
"Who are you?" said the caterpillar

**Alice antwortete etwas schüchtern: "Ich weiß es kaum, Sir."**
Alice replied, rather shyly, "I hardly know, sir"
**"Gerade im Moment ist alles ein bisschen..."**
"just at the moment it's all a bit..."
**"Ich weiß, wer ich war, als ich heute Morgen aufgestanden bin."**
"I know who I was when I got up this morning""
**"aber ich glaube, ich muss mich seitdem mehrmals verändert haben"**
"but I think I must have changed several times since then"
**"Was meinst du damit?" sagte die Raupe**

"What do you mean by that?" said the caterpillar
**Streng forderte die Raupe sie auf, sich zu erklären**
sternly the caterpillar asked her to explain herself
**»Ich kann mich nicht erklären, fürchte ich, Sir«, sagte Alice**
"I can't explain myself, I'm afraid, sir," said Alice
**"weil ich nicht ich selbst bin"**
"because I'm not myself"
**"Du siehst, es ist sehr verwirrend, so viele verschiedene Größen an einem Tag zu haben"**
"you see, being so many different sizes in a day is very confusing"
**Sie raffte sich auf und sagte sehr ernst:**
She pulled herself up and said very gravely:
**"Ich denke, du solltest mir zuerst sagen, wer du bist"**
"I think you ought to tell me who you are, first"
**"Warum?" fragte die Raupe**
"Why?" said the caterpillar
**Alice fiel kein guter Grund ein**
Alice could not think of any good reason
**und die Raupe schien sich in einem sehr unangenehmen Gemütszustand zu befinden**
and the caterpillar seemed to be in a very unpleasant state of mind
**also wandte sie sich ab**
so she turned away
**"Komm zurück!" rief ihr die Raupe nach**
"Come back!" the caterpillar called after her
**"Ich habe etwas Wichtiges zu sagen!"**
"I've something important to say!"
**Alice drehte sich um und kam wieder zurück**
Alice turned and came back again
**"Behalte die Fassung!" sagte die Raupe**
"Keep your temper," said the caterpillar
**»Ist das alles?« fragte Alice**
"Is that all?" said Alice
**und sie schluckte ihren Zorn hinunter, so gut sie konnte**
and she swallowed her anger as well as she could

"Nein!" sagte die Raupe
"No," said the caterpillar
**Die Raupe breitete ihre Arme aus**
the caterpillar unfolded its arms
**Und er nahm die Shisha wieder aus dem Mund**
and he took the hookah out of his mouth again
**Und er sagte: "Du glaubst also, du bist verändert, oder?"**
and he said, "So you think you're changed, do you?"
**»Ich fürchte, ich bin verändert, Sir,« sagte Alice**
"I'm afraid, I am changed, sir," said Alice
**"Ich kann mich nicht mehr so an Dinge erinnern, wie ich sie früher in Erinnerung hatte"**
"I can't remember things as I used to remember them"
**"Und ich bleibe nicht länger als zehn Minuten gleich groß!"**
"and I don't stay the same size for more than ten minutes!"
**"Wie groß willst du sein?" fragte die Raupe**
"What size do you want to be?" asked the caterpillar
**»Oh, es ist mir nicht besonders wichtig, wie groß ich bin«, erwiderte Alice hastig**
"Oh, I don't particularly mind what size I am," Alice hastily replied
**"Ich mag es einfach nicht, so oft die Größe zu wechseln, weißt du"**
"I just don't like changing size so often, you know"
**"Ich würde gerne etwas größer sein, Sir"**
"I would like to be a little larger, sir"
**»wenn es dir nichts ausmacht,« fügte Alice hinzu**
"if you wouldn't mind," added Alice
**"Zehn Zentimeter sind so eine erbärmliche Größe"**
"Ten centimetres is such a wretched height to be"
**"Das ist wirklich eine sehr gute Höhe!" sagte die Raupe ärgerlich**
"It is a very good height indeed!" said the caterpillar angrily
**und er richtete sich auf, während er sprach**
and he reared itself upright as he spoke
**Er war genau zehn Zentimeter groß**
he was exactly ten centimetres high

**In ein oder zwei Minuten war die Raupe vom Pilz heruntergekommen**
In a minute or two, the caterpillar got down off the mushroom
**und er kroch ins Gras**
and he crawled away into the grass
**Als er sich entfernte, machte er einige kleine Bemerkungen**
as he went away, he made some little remarks
**"Eine Seite lässt dich größer werden"**
"One side will make you grow taller"
**"Und die andere Seite wird dich kleiner werden lassen"**
"and the other side will make you grow shorter"
**"Eine Seite wovon?" dachte Alice bei sich**
"One side of what?" thought Alice to herself
**"Die andere Seite von was?"**
"The other side of what?"
**"Die Seite des Pilzes!" sagte die Raupe**
"the side of the mushroom," said the caterpillar
**Es war, als hätte sie ihre Frage laut gestellt**
it was as if she had asked her question aloud
**und im nächsten Augenblick war er außer Sichtweite**
and in another moment, he was out of sight
**Alice blieb stehen und betrachtete den Pilz nachdenklich**
Alice remained looking thoughtfully at the mushroom
**Sie versuchte herauszufinden, welche die beiden Seiten des Pilzes waren**
she was trying to make out which were the two sides of the mushroom
**Endlich streckte sie ihre Arme um den Pilz**
At last she stretched her arms around the mushroom
**und sie brach ein Stück der Ränder ab**
and she broke off a bit of the edges
**»Und nun, welche Seite ist welche?« fragte sie sich**
"And now, which side is which?" she said to herself
**und sie knabberte ein wenig von dem Stück der rechten Hand**
and she nibbled a little of the right-hand bit
**Im nächsten Augenblick spürte sie einen heftigen Schlag**

**unter ihrem Kinn**
The next moment she felt a violent blow underneath her chin

**Ihr Kinn hatte ihren Fuß getroffen!**
her chin had struck her foot!

**Sie war sehr erschrocken über diese sehr plötzliche Veränderung**
She was a good deal frightened by this very sudden change

**Sie schrumpfte sehr schnell**
she was shrinking very rapidly

**Also aß sie schnell etwas von dem anderen Stück Pilz**
so she quickly ate some of the other bit of mushroom

**Ihr Kinn war sehr eng gegen ihren Fuß gepresst**
Her chin was pressed very closely against her foot

**Es war kaum Platz, um den Mund aufzumachen**
there was hardly room to open her mouth

**aber schließlich gelang es ihr, den Mund aufzumachen**
but she did at last manage to open her mouth

**und sie schluckte einen Bissen von dem linken Stück**
and she swallowed a morsel of the left-hand bit

**»mein Kopf ist endlich frei!« sagte Alice**
"my head's been freed at last!" said Alice

**Sie blickte an sich herunter**
she looked down at herself

**aber alles, was sie sehen konnte, war ein ungeheurer Hals**
but all she could see was an immense length of neck

**Ihr Hals schien sich wie ein Stiel zu erheben**
her neck seemed to rise like a stalk

**Und sie blickte auf ein Meer von grünen Blättern hinab**
and she looked down over a sea of green leaves

**"Wo sind meine Schultern geblieben?"**
"Where have my shoulders gotten to?"

**»Und ach, meine armen Hände, wie kommt es, daß ich euch nicht sehen kann?«**
"And oh, my poor hands, how is it I can't see you?"

**Aber ihr Hals hatte einen Vorteil**
but her neck did have one benefit

**Sie konnte ihren Kopf in jede Richtung bewegen**

she could move her head in any direction
**Tatsächlich war sie wie eine Schlange**
in fact, she was just like a serpent
**Sie senkte anmutig ihren Kopf im Zickzack**
she gracefully zigzagged her head down
**Und sie bewegte ihren Kopf durch die Bäume**
and she moved her head through the trees
**Aber dann hörte sie ein scharfes Zischen**
but then she heard a sharp hiss
**Und sie zog schnell den Kopf zurück**
and she quickly pulled her head back
**Eine große Taube war ihr ins Gesicht geflogen**
a large pigeon had flown into her face
**und die Taube fuhr mit den Flügeln heftig zusammen**
and the pigeon was violently with its wings

**»Schlange!« rief die Taube**
"Serpent!" cried the pigeon
**"Ich bin keine Schlange!" sagte Alice entrüstet**
"I'm not a serpent!" said Alice indignantly
**"Laß mich in Ruhe!"**

"Leave me alone!"
**"Ich habe die Wurzeln von Bäumen ausprobiert"**
"I've tried the roots of trees"
**"Und ich habe es mit Hecken versucht", fuhr die Taube fort**
"and I've tried hedges," the pigeon went on
**»Aber diese Schlangen! Man kann es ihnen nicht recht machen!"**
"but those serpents! There's no pleasing them!"
**Alice war immer verwirrter**
Alice was more and more puzzled
**"Als ob es nicht schon Mühe genug wäre, die Eier auszubrüten!" sagte die Taube**
"As if it wasn't trouble enough hatching the eggs," said the pigeon
**"Tag und Nacht muss ich mich auch vor Schlangen in Acht nehmen!"**
"by night and day I must look out for serpents too!"
**"Ich hatte gerade den höchsten Baum im Wald gefunden"**
"I had just found the highest tree in the forest"
**"Wäre ich hier sicher frei von Schlangen?"**
"surely I'd be free from serpents here?"
**"Und heraus kommt eine Schlange vom Himmel!"**
"and out comes a serpent from the sky!"
**"Aber ich bin keine Schlange, sage ich dir!" sagte Alice**
"But I'm not a serpent, I tell you!" said Alice
**"Ich bin ein... Ich bin ein... Ich bin ein kleines Mädchen«, fügte sie etwas zweifelnd hinzu**
"I'm a... I'm a... I'm a little girl," she added rather doubtfully
**Schließlich hatte sie viele Veränderungen durchgemacht**
she had after all been going through a lot of changes
**"Du suchst Eier!" sagte die Taube**
"You're looking for eggs," said the pigeon
**"Das weiß ich mit Sicherheit"**
"I know that for a fact"
**"Und was macht es aus, ob du ein kleines Mädchen oder eine Schlange bist?"**
"and what does it matter if you're a little girl or a serpent?"

»Es liegt mir sehr viel daran,« sagte Alice hastig
"It matters a good deal to me," said Alice hastily
"Aber ich bin nicht auf der Suche nach Eiern, wie es der
Zufall will"
"but I'm not looking for eggs, as it happens"
"Und ich würde deine Eier sowieso nicht wollen"
"and I wouldn't want your eggs anyway"
"Ich mag meine Eier nicht roh"
"I don't like my eggs raw"
»Nun, dann fort!« sagte die Taube in mürrischem Tone
"Well, be off then!" said the pigeon in a sulky tone
und die Taube ließ sich wieder in ihrem Nest nieder
and the pigeon settled down again into its nest
Alice kauerte sich zwischen die Bäume, so gut sie konnte
Alice crouched down among the trees as well as she could
Ihr Hals verfing sich immer wieder zwischen den Ästen
her neck kept getting entangled among the branches
Hin und wieder musste sie anhalten und ihren Hals
aufdrehen
every now and then she had to stop and untwist her neck
Nach einer Weile erinnerte sie sich an den Pilz
After awhile she remembered the mushroom
Sie hielt die Pilzstücke noch immer in ihren Händen
she still held the pieces of mushroom in her hands
Und sie machte sich sehr vorsichtig an die Arbeit
and she set to work very carefully
Zuerst knabberte sie an einem Stück
first she nibbled at one piece
Und dann knabberte sie an dem anderen Stück
and then she nibbled at the other piece
Manchmal wurde sie größer
sometimes she grew taller
und manchmal wurde sie kleiner
and sometimes she grew shorter
Aber schließlich erreichte sie ihre übliche Größe
but finally she achieved her usual height
Sie war schon seit einiger Zeit nicht mehr so groß wie sie

**selbst**
she hadn't been her own height for some time
**So fühlte sich alles eine Zeit lang seltsam an**
so everything felt strange for a while
**"Das nächste, was zu tun ist, ist, in diesen schönen Garten zu gehen"**
"The next thing to do is to get into that beautiful garden"
**»wie soll man das machen?«**
"how is that to be done, I wonder?"
**Während sie dies sagte, stieß sie auf einen offenen Platz**
As she said this, she came upon an open place
**Da war ein kleines Haus, etwas höher als einen Meter**
there was a little house, a bit higher than a metre
**"Ich frage mich, wer in diesem kleinen Haus wohnt"**
"I wonder who lives in this little house"
**"So groß wie ich bin, kann ich sicher nicht reingehen"**
"I certainly can't go in as big as I am"
**"Ich würde sie fürchterlich erschrecken!"**
"I would frighten them terribly!"
**Also knabberte sie wieder an dem kleinen Pilz**
so she nibbled at the little mushroom again
**Und bald brachte sie sich dreißig Zentimeter tief**
and soon she brought herself down thirty centimetres

## Ein Schwein und etwas Pfeffer
A pig and some pepper

**Ein oder zwei Minuten lang stand sie da und betrachtete das Haus**
For a minute or two she stood looking at the house
**Plötzlich kam ein Lakai aus dem Walde gerannt**
suddenly a footman came running out of the woods
**Er trug eine spezielle Livree-Uniform**
he was wearing a special livery uniform
**Seinem Gesicht nach zu urteilen, hätte sie ihn einen Fisch genannt**
judging by his face only, she would have called him a fish
**und er klopfte laut mit den Fingerknöcheln an die Tür**
and he rapped loudly at the door with his knuckles
**Die Tür wurde von einem anderen Lakaien geöffnet**
the door was opened by another footman
**Auch dieser Lakai trug eine besondere Livree**
this footman too was wearing a special livery
**Dieser Lakai hatte ein rundes Gesicht und große Augen wie ein Frosch**
this footman had a round face and large eyes like a frog

**Der Lakai, der wie ein Fisch aussah, leitete die Zeremonie ein**

The footman that looked like a fish initiated the ceremony

**Er zog etwas unter seinem Arm hervor**

he pulled out something from under his arm

**Und er zog unter seinem Arm einen Umschlag hervor**

and he pulled out from under his arm an envelope

**und diesen Umschlag übergab er dem andern Lakaien**

and this envelope he handed over to the other footman

**In zeremoniellem Tone teilte er ihm die Befehle mit**

in a ceremonious tone he told him the orders

**"Diese Botschaft ist für die Herzogin"**

"This message is for the Duchess"

**"Eine Einladung der Königin zum Krocketspielen"**

"An invitation from the queen to play croquet"

**Der Lakai, der wie ein Frosch aussah, wiederholte den Befehl**

The footman that looked like a frog repeated the order

**"Von der Königin"**

"from the queen"

**"Eine Einladung"**

"an invitation"

**"für die Herzogin"**

"for the Duchess"

**"Krocket spielen"**

"playing croquet"

**Dann verbeugten sie sich beide tief**

Then they both bowed low

**und die Locken in ihren Perücken verwickelten sich ineinander**

and the curls in their wigs got entangled together

**Bald war der Lakai, der wie ein Fisch aussah, verschwunden**

soon the footman that looked like a fish was gone

**Aber der Lakai, der wie ein Frosch aussah, war immer noch da**

but the footman that looked like a frog was still there

**Er saß auf dem Boden in der Nähe der Tür**

he was sitting on the ground near the door
**Er starrte dumm in den Himmel**
he was staring stupidly up into the sky
**Alice ging schüchtern zur Tür und klopfte**
Alice went timidly up to the door and knocked
**»Es hat keinen Zweck, anzuklopfen,« sagte der Lakai**
"There's no use in knocking," said the footman
**"Und das aus zwei Gründen"**
"and that is for two reasons"
**"Erstens, weil ich auf der gleichen Seite der Tür stehe wie du"**
"First, because I'm on the same side of the door as you are"
**"Zweitens, weil sie drinnen so viel Lärm machen"**
"secondly, because they're making so much noise inside"
**"Niemand könnte dich hören"**
"no one could possibly hear you"
**Und es war gewiß ein höchst merkwürdiger Lärm im Innern**
And there certainly was a most extraordinary noise going on within
**ein ständiges Heulen und Niesen**
a constant howling and sneezing
**und ab und zu ein Geräusch von großem Krachen**
and every now and then a sound of great crashing
**als ob eine Schüssel oder ein Wasserkocher in Stücke zerbrochen wäre**
as if a dish or kettle had been broken to pieces
**"Wie soll ich da reinkommen?" fragte Alice**
"How am I to get in?" asked Alice
**»Wollen Sie überhaupt hineinkommen?« fragte der Lakai**
"Should you get in at all?" said the footman
**"Das ist die erste Frage, weißt du"**
"That's the first question, you know"
**Alice öffnete die Tür und trat ein**
Alice opened the door and went in
**Die Tür führte direkt in eine große Küche**
The door led right into a large kitchen
**Die Küche war von einem Ende bis zum anderen voller**

**Rauch**
the kitchen was full of smoke from one end to the other
**in der Mitte der Küche saß die Herzogin**
in the middle of the kitchen was the Duchess
**Sie saß auf einem dreibeinigen Hocker**
she was sitting on a three-legged stool
**und sie stillte ein Baby**
and she was nursing a baby
**Die Köchin beugte sich über das Feuer**
the cook was leaning over the fire
**Er rührte einen großen Kessel**
he was stirring a large caldron
**und der Kessel schien mit Suppe gefüllt zu sein**
and the caldron seemed to be full of soup
**"Da ist sicher zu viel Pfeffer drin!" sagte Alice zu sich selbst**
"There's certainly too much pepper in that soup!" Alice said to
herself
**Sie sagte es, so gut sie konnte, ohne zu niesen**
she said it as best she could without sneezing
**Sogar die Herzogin nieste gelegentlich**
Even the Duchess sneezed occasionally
**Aber die Handlungen des Babys waren am
bemerkenswertesten**
but the baby's actions were the most noteworthy
**Das Baby nieste und heulte abwechselnd**
the baby was sneezing and howling alternately
**Es gab keinen Augenblick Pause zwischen Heulen und
Niesen**
there was not a moment's pause between howling and
sneezing
**Es gab zwei Kreaturen in der Küche, die nicht niesten**
There were two creatures in the kitchen that did not sneeze
**Die Köchin war zu beschäftigt, um zu niesen**
the cook was too busy to sneeze
**Und die große Katze schien sich nicht an dem Pfeffer zu
stören**
and the large cat did not seem to mind the pepper

**Stattdessen grinste die große Katze von einem Ohr zum anderen**
instead, the large cat was grinning from ear to ear
**»Bitte, würdest du es mir sagen,« sagte Alice ein wenig schüchtern**
"Please would you tell me," said Alice, a little timidly
**"Warum grinst deine Katze so?"**
"why is your cat grinning like that?"
**»Es ist eine Cheshire-Katze,« sagte die Herzogin**
"It's a Cheshire-Cat," said the Duchess
**"Und deshalb grinst er von Ohr zu Ohr"**
"and that's why he's grinning from ear to ear"
**"Ich wusste nicht, dass eine Cheshire-Katze immer grinst"**
"I didn't know that a Cheshire-Cat always grinned"
**"Eigentlich wusste ich nicht, dass Katzen grinsen können", sagte Alice**
"in fact, I didn't know that cats could grin," said Alice
**»Es gibt vieles, was Sie nicht wissen,« sagte die Herzogin**
"there is much you don't know," said the Duchess
**"Es gibt vieles, was man nicht weiß, und das ist eine Tatsache"**
"there is much you don't know and that's a fact"
**In diesem Augenblick nahm die Köchin den Kessel mit der Suppe vom Feuer**
Just then the cook took the caldron of soup off the fire
**Und sogleich fing sie an, alles in ihre Reichweite zu werfen**
and at once she started throwing everything within her reach
**sie warf alles, was sie konnte, auf die Herzogin und das Baby**
she threw everything she could at the Duchess and the babe
**Zuerst warf sie die Feuereisen**
first she threw the fire-irons
**Dann warf sie eine Handvoll Töpfe**
then she threw a handful of saucepans
**und schließlich warf sie die Teller und Schüsseln**
and finally she threw the plates and dishes
**Die Herzogin nahm keine Notiz von ihr**

The Duchess took no notice of her
**Selbst als sie von einem Teller getroffen wurde, machte sie sich keine Sorgen**
even when she was hit by a plate she did not worry
**Das Baby heulte schon so viel**
the baby was already howling so much
**Es war also unmöglich zu sagen, ob die Schläge das Baby verletzt haben oder nicht**
so it was impossible to say whether the blows hurt the baby or not
**"Oh, gib bitte acht, was du tust!" rief Alice**
"Oh, please mind what you're doing!" cried Alice
**und sie sprang in Todesangst des Entsetzens auf und ab**
and she jumped up and down in an agony of terror
**die Herzogin bot Alice das Baby an**
the Duchess offered Alice the baby
**»Hier! Du kannst das Kind ein wenig stillen, wenn du willst!«**
"Here! You may nurse the baby a bit, if you like!"
**Und sie schleuderte das Kind nach ihr, während sie sprach**
and she flung the baby at her as she spoke
**"Ich muss gehen und mich darauf vorbereiten, mit der Königin Krocket zu spielen"**
"I must go and get ready to play croquet with the queen"
**und sie eilte aus dem Zimmer**
and she hurried out of the room
**Alice fing das Baby mit einiger Mühe auf**
Alice caught the baby with some difficulty
**weil es ein sehr seltsam geformtes kleines Wesen war**
because it was a very odd-shaped little creature
**Und das Kind streckte seine Arme und Beine nach allen Richtungen aus**
and the baby held out its arms and legs in all directions
**"Das Kind nehme ich lieber mit!" dachte Alice**
"I better take this child away with me," thought Alice
**"Sie werden dieses Baby sicher in ein oder zwei Tagen töten"**

"they're sure to kill this baby in a day or two"
**"Wäre es nicht Mord, dieses Baby zurückzulassen?"**
"Wouldn't it be murder to leave this baby behind?"
**Sie sprach die letzten Worte laut aus**
She said the last words out loud
**Und das kleine Ding grunzte als Antwort**
and the little thing grunted in reply
**"Du verwandelst dich am besten nicht in ein Schwein,
meine Liebe!" sagte Alice**
"you best not turn into a pig, my dear," said Alice
**"sonst habe ich nichts mehr mit dir zu tun"**
"or else I'll have nothing more to do with you"
**Alice fing eben an, bei sich selbst zu denken:**
Alice was just beginning to think to herself:
**»Nun, was soll ich mit diesem Geschöpf anfangen, wenn ich
es nach Hause bringe?«**
"Now, what am I to do with this creature, when I get it home?"
**Aber dann grunzte das kleine Geschöpf ein wenig heftig**
but then the little creature grunted a little violently
**und Alice sah ihm erschrocken ins Gesicht**
and Alice looked down into its face in some alarm
**Diesmal konnte es keinen Irrtum geben**
This time there could be no mistake about it
**Es war nicht mehr und nicht weniger als ein Schwein**
it was neither more nor less than a pig
**Da setzte sie das kleine Geschöpf ab**
so she set the little creature down
**und das kleine Geschöpf trabte leise in den Wald hinein**
and the little creature trot away quietly into the wood
**Alice war ziemlich erleichtert, als sie die Kreatur
verschwinden sah**
Alice felt quite relieved to see the creature go
**Alice erschrak ein wenig, als sie die Cheshire-Katze sah**
Alice was a little startled by seeing the Cheshire-Cat
**Er saß auf einem Ast eines Baumes, ein paar Meter entfernt**
it was sitting on a bough of a tree a few yards off
**Die Katze grinste nur, als sie sie sah**

The cat only grinned when it saw her
**»Cheshire-Katze,« begann Alice etwas schüchtern**
"Cheshire-cat," began Alice, rather timidly
**»Würden Sie mir bitte sagen, welchen Weg ich von hier aus einschlagen soll?«**
"would you please tell me which way I ought to go from here?"
**"In diese Richtung", sagte die Katze**
"In that direction," the cat said
**Und er fuchtelte mit der rechten Pfote herum**
and it waved the right paw around
**"In dieser Richtung lebt ein Hutmacher"**
"In that direction lives a maker of hats"
**Und dann winkte die Katze mit der anderen Pfote**
and then the cat waved its other paw
**"Und in dieser Richtung wohnt ein Märzhase"**
"and in that direction lives a march hare"
**»Besuchen Sie, wen Sie wollen; Sie sind beide verrückt"**
"Visit either you like; they're both mad"
**»Aber ich will nicht unter Verrückte gehen«, bemerkte Alice**
"But I don't want to go among mad people," Alice remarked
**"Ach, dafür kannst du nicht helfen!" sagte die Katze**
"Oh, you can't help that," said the Cat
**"Wir sind alle verrückt hier"**
"we're all mad here"
**"Spielst du heute Krocket mit der Queen?"**
"are you playing croquet with the queen today?"
**"Das würde ich sehr gerne!" sagte Alice**
"I would like to very much," said Alice
**"aber ich bin noch nicht eingeladen worden"**
"but I haven't been invited yet"
**"Du wirst mich dort sehen!" sagte die Katze**
"You'll see me there," said the Cat
**Und von einem Augenblick auf den anderen verschwand die Katze**
and from one moment to the next the cat vanished
**bald kam Alice in Sichtweite des Hauses des Märzhasen**

soon Alice got in sight of the house of the march hare
**Das war ein sehr großes Haus**
this was a very large house
**Alice wollte also nicht in die Nähe des Hauses gehen**
so Alice did not want to go near the house
**Zuerst musste sie noch etwas von dem linken Stück Pilz knabbern**
first she had to nibble some more of the left side bit of mushroom

**Eine verrückte Teeparty**
a mad tea-party

**Vor dem Haus stand ein Baum**
In front of the house there was a tree
**Und unter dem Baum stand ein Tisch**
and under the tree there was a table
**und der Tisch war mit allerlei Besteck gedeckt**
and the table was set with all sorts of cutlery
**Der Märzhase und der Hutmacher saßen bei Tisch**
the march hare and the hat maker were at the table
**und zusammen tranken sie Tee**
and together they were having tea
**Ein Siebenschläfer saß zwischen ihnen**
a dormouse was sitting between them
**und der Siebenschläfer schlief fest**
and the dormouse was fast asleep
**Der Tisch war von außergewöhnlicher Größe**
The table was of extraordinary size
**Aber der größte Teil des Tisches war unbesetzt**
but most of the table was unoccupied
**Sie saßen dicht gedrängt an einer Ecke des Tisches**
they sat crowded together at one corner of the table
**und doch entschuldigten sie sich, als sie Alice sahen**
and yet they made excuses when they saw Alice
**»Kein Platz! Kein Platz!« schrien sie**
"No room! No room!" they cried out
**»Es ist viel Platz!« sagte Alice entrüstet**
"There's plenty of room!" said Alice indignantly
**An einem Ende des Tisches stand ein großer Sessel**
at one end of the table there was a large arm-chair
**und Alice setzte sich in den Sessel**
and Alice sat herself in the armchair
**Der Hutmacher riss die Augen weit auf**
the hat maker opened his eyes very wide
**Er konnte nicht glauben, was er da sah**
he couldn't believe what he was seeing

aber sein Geist war neugierig auf andere Dinge

but his mind was curious about other things

**»Warum ist ein Rabe wie ein Schreibtisch?«**

"Why is a raven like a writing-desk?"

**Alice war offen für die Herausforderung**

Alice was open to the challenge

**"Ich bin froh, dass sie angefangen haben, Rätsel zu stellen"**

"I'm glad they've begun asking riddles"

**»Ich glaube, das kann ich erraten«, fügte sie laut hinzu**

"I believe I can guess that," she added aloud

**Der Märzhase wurde neugierig auf Alice**

The march hare grew curious about Alice

**"Glaubst du wirklich, dass du die Antwort finden kannst?"**

"Do you really think you can find the answer?"

**»Ich glaube, ich kann die Antwort finden,« sagte Alice**

"I think I can find the answer indeed," said Alice

**»Dann sollst du sagen, was du meinst,« fuhr der Märzhase fort**

"Then you should say what you mean," the march hare went on

**»Ich sage, was ich meine,« erwiderte Alice hastig**

"I do say what I mean," Alice hastily replied

**"Zumindest meine ich ernst, was ich sage"**

"at the very least I mean what I say"

**"Das ist dasselbe, weißt du"**

"that's the same thing, you know"

**Auch der Siebenschläfer trug zu dem Gespräch bei**

the dormouse also contributed to the conversation

**Aber der Siebenschläfer schien im Schlaf zu sprechen**

but the dormouse seemed to be talking in its sleep

**"Ich atme, wenn ich schlafe"**

"I breathe when I sleep"

**"Ich schlafe, wenn ich atme!"**

"I sleep when I breathe!"

**"Man könnte genauso gut sagen, dass sie auch gleich sind"**

"you might as well say they are the same too"

**"So ist es auch bei dir!" sagte der Hutmacher**

"It is the same thing with you," said the hat maker
**und er goß ein wenig Tee über die Nase des Siebenschläfers**
and he poured a little tea on the dormouse's nose
**Das Murmelthier schüttelte ungeduldig den Kopf**
The Dormouse shook its head impatiently
**Und wieder sprach das Murmelmaus, ohne die Augen zu öffnen**
and again the dormouse spoke, without opening its eyes
**"Natürlich, natürlich ist es dasselbe"**
"Of course, of course it is the same"
**"Das wollte ich ja auch sagen"**
"that's just what I was going to say myself"

**Der Hutmacher wandte sich an Alice und stellte eine weitere Frage**
The Hatter turned to Alice and asked another question
**"Hast du das Rätsel schon erraten?"**
"Have you guessed the riddle yet?"
**"Nein, ich gebe auf", gab Alice zu**
"No, I give up," Alice conceded
**"Was ist die Antwort?", wollte sie wissen**
"What's the answer?" she wanted to know

»Ich habe nicht die geringste Ahnung,« sagte der Hutmacher

"I haven't the slightest idea," said the hat maker

"Ich weiß es auch nicht!" sagte der Märzhase

"Nor do I know," said the march hare

Alice stieß einen müden Seufzer aus

Alice gave a weary sigh

"Es gibt eine bessere Nutzung der Zeit als Rätsel ohne Antworten"

"there are better uses of time than riddles without answers"

»Trinken Sie noch etwas Tee,« sagte der Märzhase sehr ernst zu Alice

"have some more tea," the march hare said to Alice, very earnestly

Alice war ziemlich beleidigt über das Angebot

Alice was quite offended by the offer

»Ich habe noch keinen Tee getrunken,« erwiderte Alice

"I've had not had tea yet," Alice replied

"Deshalb kann ich keinen Tee mehr trinken"

"therefore I can't have any more tea"

»Du meinst, weniger Tee kannst du nicht haben«, sagte der Hutmacher

"You mean you can't have less tea," said the hat maker

"Es ist sehr einfach, mehr als nichts zu nehmen"

"it's very easy to take more than nothing"

Bei diesen Worten erhob sich Alice und ging fort

At this, Alice got up and walked off

Der Siebenschläfer schlief augenblicklich ein

The dormouse fell asleep instantly

und keiner der andern nahm die geringste Notiz davon, daß sie ging

and neither of the others took the least notice of her going

obwohl sie ein- oder zweimal zurückblickte

though she looked back once or twice

Sie versuchten, den Siebenschläfer in die Teekanne zu stecken

they were trying to put the dormouse into the tea-pot

"Jedenfalls werde ich nie wieder dorthin gehen!" sagte Alice

"At any rate, I'll never go there again!" said Alice
**Und sie ging ihren Weg durch den Wald**
and she walked her way through the woods
**"Das war die dümmste Teeparty, auf der ich je war"**
"that was the stupidest tea-party I've ever been to"
**Gerade als sie das sagte, bemerkte sie etwas**
Just as she said this, she noticed something
**Einer der Bäume hatte eine Tür, die direkt hineinführte**
one of the trees had a door leading right into it
**»Das ist sehr interessant!« dachte sie**
"That's very interesting!" she thought
**"Ich denke, ich kann genauso gut durch die Tür gehen"**
"I think I may as well go through the door"
**Und durch die Tür ging sie**
And through the door she went
**Wieder befand sie sich in der langen Halle**
Once more she found herself in the long hall
**Wieder stand sie dicht an dem kleinen Glastisch**
again she was close to the little glass table
**Sie nahm den kleinen goldenen Schlüssel**
she took the little golden key
**und sie schloß die Tür auf, die in den Garten führte**
and she unlocked the door that led into the garden
**Dann machte sie sich daran, an dem Pilz zu knabbern**
Then she set to work nibbling at the mushroom
**Sie hatte ein Stück des Pilzes in ihrer Tasche aufbewahrt**
she had kept a piece of the mushroom in her pocket
**Und schließlich war sie etwa einen Meter groß**
and finally she was about a metre tall
**dann ging sie den kleinen Korridor hinunter**
then she walked down the little corridor
**Und dann fand sie sich endlich in dem schönen Garten wieder**
and then she finally found herself in the beautiful garden
**Und sie war zwischen den hellen Blumen und den kühlen Springbrunnen**
and she was among the bright flower and the cool fountains

## Der Krocketplatz der Königinnen
### The queen's croquet ground

**Ein großer Rosenstrauch stand in der Nähe des Eingangs des Gartens**
A large rose-tree stood near the entrance of the garden
**Die Rosen, die an dem Baum wuchsen, waren weiß**
the roses growing on the tree were white
**aber es waren drei Gärtner, die die Rose bemalten**
but there were three gardeners painting the rose
**Sie waren damit beschäftigt, die Rosen rot zu färben**
they were busily painting the roses red
**und Alice sah zu, wie sie die Rosen rot färbten**
and Alice was watching them paint the roses red
**und plötzlich fielen ihre Augen zufällig auf Alice**
and suddenly their eyes chanced to fall upon Alice
**Alice sprach ein wenig schüchtern**
Alice spoke a little timidly
**»Würden Sie es mir bitte sagen?«**
"Would you tell me, please;"
**"Warum malt ihr alle diese Rosen?"**
"why are you all painting those roses?"
**Fünf und Sieben sagten nichts, sondern sahen zwei an**
five and seven said nothing, but looked at two
**zwei Sprecher, mit leiser Stimme**
two spoke, in a low voice
**»Nun, die Sache ist die, sehen Sie, gnädige Frau.«**
"Why, the fact is, you see, madam"
**"Das hier hätte ein roter Rosenstrauch sein sollen"**
"this here ought to have been a red rose-tree"
**"Und wir haben aus Versehen einen weißen Rosenstrauch hineingesetzt"**
"and we put a white rose-tree in by mistake"
**"Wie Sie mir zustimmen würden, darf die Königin es nicht herausfinden"**
"as you would agree, the queen must not find out"
**"Sonst würden wir uns allen die Köpfe abschneiden"**

"else we would all have our heads cut off"
**"Sie sehen also, gnädige Frau, wir tun unser Bestes"**
"So you see, madam, we're doing our best"
**Karte fünf hatte ängstlich über den Garten geschaut**
card five had been anxiously looking across the garden
**In diesem Augenblick rief die fünfte Karte: "Die Königin!
Die Königin!"**
At this moment card five called out, "The queen! The queen!"
**und die drei Gärtner eilten augenblicklich davon**
and the three gardeners instantly scurried away
**und sie warfen sich flach auf ihre Gesichter**
and they threw themselves flat upon their faces
**Man hörte das Geräusch vieler Schritte**
There was a sound of many footsteps
**Alice sah sich um, begierig darauf, die Königin zu sehen**
Alice looked around, eager to see the queen
**Am Anfang des Zuges standen zehn Soldaten**
At the start of the procession were ten soldiers
**Ihre Hände und Füße waren in den Ecken**
their hands and feet were in the corners
**und in ihren Händen und Füßen waren Keulen**
and in their hands and feet were clubs
**Als nächstes kamen die zehn Höflinge**
next came the ten courtiers
**die Höflinge waren über und über mit Diamanten
geschmückt**
the courtiers were ornamented all over with diamonds
**Nach den Höflingen kamen die königlichen Kinder**
After the courtiers came the royal children
**Es waren zehn der königlichen Kinder**
there were ten of the royal children
**und alle königlichen Kinder waren mit Herzen geschmückt**
and all the royal children were ornamented with hearts
**Dann kamen die Gäste; Meist Könige und Königinnen**
Next came the guests; mostly kings and queens
**und unter den Königen und Königinnen sah Alice jemanden**
and among the kings and queen Alice saw someone

**Sie sah wieder das weiße Kaninchen, das sie gejagt hatte**
she saw again the white rabbit she had chased
**Der Prozession folgte der Spitzbube der Herzen**
The procession was followed the knave of hearts
**Er trug die Krone des Königs**
he was carrying the king's crown
**und die Krone des Königs lag auf einem purpurnen Samtkissen**
and the king's crown was on a crimson velvet cushion
**Und dann kam das Ende dieser großen Prozession**
and then came the end of this grand procession
**Und da waren am Ende der König und die Königin der Herzen**
and there at the end were the king and queen of hearts
**der Zug kam Alice gegenüber**
the procession came opposite to Alice
**Und alle blieben stehen und sahen sie an**
and they all stopped and looked at her
**Und die Königin sprach streng: "Wer ist das?"**
and the queen said severely, "Who is this?"
**Sie sagte es zum Herzknaben**
She said it to the Knave of Hearts
**aber er verbeugte sich nur und lächelte als Antwort**
but he just bowed and smiled in reply
**Alice sprach sehr höflich**
Alice spoke very politely
**"Mein Name ist Alice, also bitte, Eure Majestät"**
"My name is Alice, so please your majesty"
**Aber sie hatte andere Gedanken für sich**
but she had other thoughts to herself
**"Es ist doch nur ein Kartenspiel!"**
"they're only a pack of cards, after all!"
**»Kannst du Krocket spielen?« rief die Königin**
"Can you play croquet?" shouted the queen
**Die Frage war offenbar an Alice gerichtet**
The question was evidently meant for Alice
**"Ja!" sagte Alice laut**

"Yes!" said Alice loudly
**"Komm also spielen!" brüllte die Königin**
"Come play then!" roared the queen
**sprach eine schüchterne Stimme zu Alice**
a timid voice spoke to Alice
**"Es ist ein sehr schöner Tag!"**
"it's a very fine day!"
**Sie ging an dem weißen Kaninchen vorbei**
She was walking by the white rabbit
**und das weiße Kaninchen guckte ihr ängstlich ins Gesicht**
and the White Rabbit was peeping anxiously into her face
**»ein sehr schöner Tag,« bestätigte Alice**
"a very fine day indeed," confirmed Alice
**»Wo ist die Herzogin?«**
"Where's the duchess?"
**»Still! Still!" sagte das Kaninchen**
"Hush! Hush!" said the Rabbit
**"Sie ist zum Tode verurteilt"**
"She's under sentence of execution"
**»Wofür wird sie hingerichtet?« fragte Alice**
"What is she being executed for?" asked Alice
**"Sie hat der Königin die Ohren abgewetzt", begann das Kaninchen**
"She scuffed the queen's ears," the rabbit began
**schrie die Königin mit Donnerstimme**
the queen shouted in a voice of thunder
**"Ran an eure Plätze!"**
"Get to your places!"
**Und die Leute rannten in alle Richtungen herum**
and people began running about in all directions
**Und sie fielen alle aneinander**
and they all tumbled up against each other
**Sie hatten sich jedoch in ein oder zwei Minuten beruhigt**
However, they got settled down in a minute or two
**Und dann begann das Spiel**
and then the game began
**Alice hatte noch nie einen so merkwürdigen Krocketplatz**

**gesehen**
Alice had never seen such a curious croquet ground
**Das Gras bestand nur aus Graten und Furchen**
the grass was all ridges and furrows
**Die Krocketbälle waren echte Igel**
The croquet balls were real hedgehogs
**und die Schlägel waren echte Flamingos**
and the mallets were real flamingos
**und die Soldaten standen auf Händen und Füßen**
and the soldiers stood on their hands and feet
**weil die Bögen aus ihren Körpern gemacht wurden**
because the arches was made from their bodies
**Die Spieler spielten alle gleichzeitig**
The players all played at once
**Niemand wartete, bis er an der Reihe war**
nobody waited for their turns
**und jeder stritt sich mit jedem**
and everyone quarrelled with everyone
**und alle kämpften für die Igel**
and all were fighting for the hedgehogs
**Bald geriet die Königin in eine wütende Leidenschaft**
soon the queen was in a furious passion
**Und sie fing an, herumzustampfen und zu schreien**
and she started stamping about and shouting
**»Hacken Sie ihm den Kopf ab!«**
"Chop off his head!"
**"Hack ihr den Kopf ab!"**
"Chop off her head!"
**"Hackt ihnen alle Köpfe ab!"**
"Chop all their heads off!"
**Wieder dachte Alice bei sich.**
Again Alice thought to herself
**"Sie lieben es schrecklich, hier Menschen zu enthaupten"**
"They're dreadfully fond of beheading people here"
**"Das große Wunder ist, dass überhaupt noch jemand am Leben ist!"**
"the great wonder is that there's anyone left alive!"

**Sie sah sich nach einem Ausweg um**
She was looking about for some way of escape
**Sie bemerkte eine merkwürdige Erscheinung in der Luft**
she noticed a curious appearance in the air
**»Es ist die Cheshire-Katze,« sagte sie zu sich selbst**
"It's the Cheshire-cat," she said to herself
**"Jetzt habe ich jemanden, mit dem ich reden kann"**
"now I shall have somebody to talk to"
**"Wie geht es dir?" fragte die Katze**
"How are you getting on?" said the cat
**»Ich glaube nicht, daß sie ganz und gar fair spielen«, sagte Alice**
"I don't think they play at all fairly," Alice said
**Und sie hatte einen ziemlich klagenden Ton**
and she had a rather complaining tone
**"Sie streiten sich alle so fürchterlich"**
"they all quarrel so dreadfully"
**"Man hört sich selbst nicht sprechen"**
"one can't hear oneself speak"
**"Und sie scheinen sich nicht an irgendwelche Regeln zu halten"**
"and they don't seem to play by any rules"
**die Katze stellte Alice mit leiser Stimme eine Frage**
the cat asked Alice a question in a low voice
**"Wie gefällt dir die Königin?"**
"How do you like the queen?"
**»Ich mag sie gar nicht,« sagte Alice**
"I don't like her at all," said Alice

**Alice dachte, sie könnte genauso gut zurückgehen**
Alice thought she might as well go back
**Sie wollte sehen, wie das Spiel läuft**
she wanted to see how the game was going
**Sie machte sich auf die Suche nach ihrem Igel**
she went off in search of her hedgehog
**Der Igel war damit beschäftigt, gegen einen anderen Igel zu kämpfen**
The hedgehog was busy fighting another hedgehog
**Das war eine ausgezeichnete Gelegenheit**
this was an excellent opportunity
**Sie konnte einen Igel mit dem anderen krocketen**
she could croquet one hedgehog with the other
**Aber ihr Flamingo war auf der anderen Seite des Gartens**
but her flamingo was on the other side of the garden
**Der Flamingo war ziemlich tollpatschig**
the flamingo was rather clumsy
**Ihr Flamingo versuchte, gegen einen Baum zu fliegen**
her flamingo was trying to fly up into a tree

**Sie packte den Flamingo am Bein**
She caught the flamingo by the leg
**Und sie schob sich den Flamingo unter den Arm**
and she tucked the flamingo away under her arm
**So konnte der Flamingo nicht mehr entkommen**
that way the flamingo couldn't escape again
**In diesem Augenblick traf Alice zufällig die Herzogin**
Just then Alice happened to meet the duchess
**Die Herzogin war nun aus dem Gefängnis entlassen worden**
The duchess was now out of prison
**Sie schob ihren Arm liebevoll unter Alices Arm**
She tucked her arm affectionately under Alice's arm
**Und dann gingen sie zusammen fort**
and then they walked off together
**Alice war sehr froh, sie in so angenehmer Laune zu finden**
Alice was very glad to find her in such a pleasant temper
**Sie erschrak jedoch ein wenig**
She was a little startled, however
**Sie hörte die Stimme der Herzogin dicht an ihrem Ohr**
she heard the voice of the duchess close to her ear
**"Du denkst über etwas nach, meine Liebe"**
"You're thinking about something, my dear"
**"Und das lässt dich das Reden vergessen"**
"and that makes you forget to talk"
**»Das Spiel geht jetzt etwas besser«, sagte Alice**
"The game's going on rather better now," Alice said
**Es war eine Möglichkeit, das Gespräch am Laufen zu halten**
it was one way of keeping the conversation going
**»So ist es,« sagte die Herzogin**
"it is so indeed," said the duchess
**"Und die Moral davon ist folgende."**
"and the moral of that is this:"
**"Es ist die Liebe, die alles macht!"**
"It is love that does it all!"
**"Liebe ist das, was die Welt bewegt"**
"Love is what makes the world go around"
**Alice hatte eine andere Erklärung**

Alice had another explanation
**"Das macht jeder, der sich um seine eigenen
Angelegenheiten kümmert!"**
"it's done by everybody minding his own business!"
**»Ah, gut! Du könntest Recht haben"**
"Ah, well! You could be right"
**»Es bedeutet alles ziemlich dasselbe,« sagte die Herzogin**
"It all means much the same thing," said the Duchess
**und sie grub ihr spitzes kleines Kinn in Alices Schulter**
and she dug her sharp little chin into Alice's shoulder
**"Und die Moral davon ist folgende"**
"and the moral of that is this"
**"Kümmere dich um die Sinne"**
"Take care of the sense"
**"Und dann erledigen sich die Klänge von selbst"**
"and then the sounds will take care of themselves"
**Aber dann fing der Arm der Herzogin an zu zittern**
but then the duchess's arm began to tremble
**Alice blickte auf und da stand die Königin**
Alice looked up and there stood the queen
**Die Königin hatte die Arme verschränkt**
the queen had her arms folded
**Und sie runzelte die Stirn wie ein Gewitter!**
and she was frowning like a thunderstorm!
**»Ich warne dich!« schrie die Königin**
"I give you fair warning," shouted the queen
**Und sie stampfte auf den Boden, während sie sprach**
and she stomped on the ground as she spoke
**"Entweder dein Kopf oder ihr Kopf muss ausgeschaltet sein"**
"either your head or her head must be off"
**"Treffen Sie Ihre Wahl!"**
"Take your choice!"
**"Und beeilen Sie sich"**
"and be quick about it"
**Die Herzogin traf ihre Wahl**
The duchess made her choice
**und in einem Augenblick war die Herzogin verschwunden**

and within a moment the duchess was gone
**Da sprach die Königin zu Alice**
Then the queen spoke to Alice
**"Weiter geht's mit dem Spiel"**
"Let's go on with the game"
**Alice war zu erschrocken, um ein Wort zu sagen**
Alice was too frightened to say a word
**und langsam folgte sie ihrem Rücken zum Krocketplatz**
and she slowly followed her back to the croquet-ground
**Die ganze Zeit stritt sich die Dame mit den anderen Spielern**
the whole time the queen quarrelled with the other players
**»Hacken Sie ihm den Kopf ab!«**
"Chop off his head!"
**"Hack ihr den Kopf ab!"**
"Chop off her head!"
**"Hackt ihnen alle Köpfe ab!"**
"Chop all their heads off!"
**Bald waren alle Spieler in Gewahrsam**
soon all the players were in custody
**nur der König, die Königin und Alice blieben zurück**
only the king, the queen, and Alice remained
**Da ging die Königin, ganz außer Atem**
Then the queen left, quite out of breath
**und sie ging mit Alice fort**
and she walked away with Alice
**Alice hörte, wie der König leise etwas sagte**
Alice heard the king quietly say something
**"Ihr seid alle begnadigt"**
"You are all pardoned"
**aber plötzlich hörte man einen neuen Schrei**
but suddenly there was another cry heard
**"Der Prozess beginnt!"**
"The trial is beginning!"
**und Alice lief mit den andern**
and Alice ran along with the others

## Wer hat die Torten gestohlen?
who stole the tarts?

**Der Herzkönig und die Herzkönigin saßen**
The king and queen of hearts were seated
**sie saßen auf ihrem Thron, als Alice ankam**
they were on their throne when Alice arrived
**Eine große Menschenmenge war um sie herum versammelt**
there was a great crowd assembled around them
**Es gab allerlei kleine Vögel und Bestien**
there were all sorts of little birds and beasts
**Und da war das ganze Kartenspiel**
and there was the whole pack of cards
**Der Spitzbube stand in Ketten vor ihnen**
the knave was standing in front of them, in chains
**und auf jeder Seite war ein Soldat, der ihn bewachte**
and there was a soldier on each side to guard him
**in der Nähe des Königs war das weiße Kaninchen**
near the King was the white rabbit
**Er hatte eine Trompete in der einen Hand**
he had a trumpet in one hand
**Und in der andern Hand hielt er eine Pergamentrolle**
and he had a scroll of parchment in the other hand
**In der Mitte des Platzes stand ein Tisch**
In the very middle of the court was a table
**Auf dem Tisch stand eine große Schüssel mit Torten**
on the table was a large dish of tarts
**"Ich wünschte, sie würden den Prozess zu Ende bringen",
dachte Alice**
"I wish they'd get the trial done," Alice thought
**"Dann könnten wir etwas von diesen Erfrischungen essen!"**
"then we could eat some of those refreshments!"

**Der Richter war übrigens der König**
The judge, by the way, was the king
**und er trug seine Krone über seiner großen Perücke**
and he wore his crown over his great wig
**»Das ist die Loge der Geschworenen!« dachte Alice**
"That's the jury-box," thought Alice
**"Und diese zwölf Geschöpfe, ich nehme an, sie sind die Geschworenen"**
"and those twelve creatures, I suppose they are the jurors"
**einige waren Tiere, andere waren Vögel**
some were animals, and some were birds
**In diesem Augenblick schrie das weiße Kaninchen auf**
Just then the white rabbit cried out
**"Schweigen im Gericht!"**
"Silence in the court!"
**»Herold, lesen Sie die Anklage!« sagte der König**
"Herald, read the accusation!" said the king
**Das weiße Kaninchen blies drei Stöße auf die Trompete**
the white rabbit blew three blasts on the trumpet

**dann entrollte er die Pergamentrolle**
then he unrolled the parchment-scroll
**Und er las folgendes:**
and he read as follows:
**"Die Königin der Herzen, sie hat ein paar Torten gebacken."**
"The queen of hearts, she made some tarts,"
**"All das tat sie an einem Sommertag"**
"All this she did on a summer day"
**"Der Schurke der Herzen, er hat diese Torten gestohlen"**
"The knave of hearts, he stole those tarts"
**"Und er hat diese Torten weit weg gebracht!"**
"And he took those tarts far away!"
**»Rufen Sie den ersten Zeugen,« sagte der König**
"Call the first witness," said the king
**und das weiße Kaninchen blies drei Stöße auf die Trompete**
and the white rabbit blew three blasts on the trumpet
**»Bringt den ersten Zeugen!« rief er**
"bring the first witness!" he called out
**Der erste Zeuge war der Hutmacher**
The first witness was the hat maker
**Er kam mit einer Teetasse in der einen Hand herein**
he came in with a teacup in one hand
**Und in der anderen Hand hatte er ein Stück Brot und Butter**
and he had a piece of bread and butter in the other hand
**»Du hättest fertig sein sollen,« sagte der König**
"You ought to have finished," said the King
**"Wann hast du angefangen?"**
"When did you begin?"
**Der Hutmacher schaute sich den Märzhasen an**
The hat maker looked at the march hare
**Der Märzhase war ihm in den Hof gefolgt**
the march hare had followed him into the court
**Er war Arm in Arm mit dem Siebenschläfer gegangen**
he had walked arm in arm with the dormouse
**»Ich glaube, es war der vierzehnte März«, sagte er**
"Fourteenth of March, I think it was," he said
**»Geben Sie Ihre Aussage,« sagte der König**

"Give your evidence," said the king
**"Und sei nicht nervös, sonst lasse ich dich auf der Stelle hinrichten"**
"and don't be nervous, or I'll have you executed on the spot"
**Das schien den Zeugen überhaupt nicht zu ermutigen**
This did not seem to encourage the witness at all
**Er rutschte immer wieder von einem Fuß auf den anderen**
he kept shifting from one foot to the other
**und er sah die Königin unruhig an**
and he looked uneasily at the queen
**und in seiner Verwirrung biß er ein großes Stück aus seiner Teetasse**
and, in his confusion, he bit a large piece out of his teacup
**Eigentlich wollte er von seinem Brot und seiner Butter beißen**
really he meant to bite from his bread and butter
**In diesem Augenblick fühlte Alice eine sehr merkwürdige Empfindung**
Just at this moment Alice felt a very curious sensation
**Sie fing an, wieder größer zu werden**
she was beginning to grow larger again
**Der unglückliche Hutmacher ließ seine Teetasse fallen**
The miserable hat maker dropped his teacup
**und das Brot und die Butter fielen zu Boden**
and the bread and butter fell to the ground
**und er fiel auf die Knie**
and he went down on one knee
**»Ich bin ein armer Mann, Eure Majestät,« begann er**
"I'm a poor man, your majesty," he began
**»Du bist ein sehr schlechter Redner,« sagte der König**
"You're a very poor speaker," said the king
**»Du darfst gehen,« sagte der König**
"You may go," said the king
**und der Hutmacher verließ eilig den Hof**
and the hat maker hurriedly left the court
**»Rufen Sie den nächsten Zeugen her!« sagte der König**
"Call the next witness!" said the king

**Der nächste Zeuge war die Köchin der Herzogin**
The next witness was the duchess's cook
**Sie trug die Pfefferdose in der Hand**
She carried the pepper-box in her hand
**Und die Leute in der Nähe der Tür fingen auf einmal an zu niesen**
and the people near the door began sneezing all at once
**»Geben Sie Ihre Aussage,« sagte der König**
"Give your evidence," said the king
**»Ich will nichts beweisen,« sagte die Köchin**
"I shall give no evidence," said the cook
**Der König sah das weiße Kaninchen ängstlich an**
The king looked anxiously at the white rabbit
**Und das weiße Kaninchen sprach mit leiser Stimme**
and the white rabbit spoke in a quiet voice
**"Eure Majestät müssen diesen Zeugen ins Kreuzverhör nehmen"**
"your majesty must cross-examine this witness"
**»Nun, wenn ich muß, so muß ich,« sagte der König**
"Well, if I must, I must," the king said
**"Woraus bestehen Torten?"**
"What are tarts made of?"
**»Torten werden meistens aus Pfeffer gemacht«, sagte die Köchin**
"tarts are made of pepper, mostly," said the cook
**Einige Minuten lang war der ganze Hof in Verwirrung**
For some minutes the whole court was in confusion
**Schließlich ließen sie sich alle wieder nieder**
eventually they all settled down again
**Aber da war die Köchin schon verschwunden**
but by then the cook had disappeared
**»Macht nichts!« sagte der König**
"Never mind!" said the king
**"Rufen Sie den nächsten Zeugen in den Zeugenstand"**
"call to the stand the next witness"
**Alice beobachtete das weiße Kaninchen, wie es an der Liste herumfummelte**

Alice watched the white rabbit as he fumbled over the list

**Sie können sich vorstellen, wie überrascht sie war, als sie das hörte, was sie als nächstes hörte**

you can imagine her surprise at what she heard next

**Mit lauter schriller kleiner Stimme rief er den Namen »Alice!«**

at the top of his shrill little voice, he called the name "Alice!"

**Alices Beweise**
Alice's evidence

**»Hier!« rief Alice**
"Here!" cried Alice
**Sie sprang in großer Eile auf**
She jumped up in a great hurry
**und sie kippte die Geschworenenloge um**
and she tipped over the jury-box
**und sie warf alle Geschworenen um**
and she knocked over all the jurymen
**und sie fielen auf die Köpfe der Menge unten**
and they fell on to the heads of the crowd below
**Alice war in großer Bestürzung**
Alice was in great dismay
**»Oh, ich bitte um Verzeihung!« rief sie aus**
"Oh, I beg your pardon!" she exclaimed
**»Der Prozeß kann nicht fortgesetzt werden,« sagte der König**
"The trial cannot proceed," said the king
**"Die Geschworenen müssen wieder an ihre angestammten Plätze zurückkehren"**
"the jurymen must get back in their proper places"
**Er wiederholte den Befehl mit großem Nachdruck**
he repeated the order with great emphasis
**und er sah Alice streng an**
and he looked at Alice sternly
**"Was weißt du über diese Ereignisse?" fragte der König Alice**
"What do you know about these events?" the king asked Alice
**»Ich weiß nichts von der Sache,« sagte Alice**
"I know nothing on the subject," said Alice
**Dann las der König aus seinem Buch vor**
The king then read from his book
**"Regel zweiundvierzig"**
"Rule forty two"
**"Alle Personen, die mehr als eine Meile hoch sind, sollen das Gericht verlassen"**

"All persons more than a mile high are to leave the court"
**»Ich bin keine Meile hoch,« sagte Alice**
"I'm not a mile high," said Alice
**»Fast zwei Meilen hoch,« sagte die Königin**
"Nearly two miles high," said the Queen

**»Nun, ich weigere mich zu gehen,« sagte Alice**
"Well, I refuse to go," said Alice
**Der König erbleichte**
The king turned pale
**und er schloß hastig sein Notizbuch**
and he shut his note-book hastily
**»Überlegen Sie sich Ihr Urteil«, sagte er zu den Geschworenen**
"Consider your verdict," he said to the jury
**Er sprach mit leiser, zitternder Stimme**
he spoke in a low, trembling voice
**Da sprach das weiße Kaninchen**
then the white rabbit spoke
**"Es werden noch mehr Beweise kommen"**
"There's more evidence to come yet"

und er sprang in großer Eile auf
and he jumped up in a great hurry
"Dieses Papier wurde gerade abgeholt"
"This paper has just been picked up"
"Es scheint ein Brief des Gefangenen zu sein"
"It seems to be a letter written by the prisoner"
Er faltete das Papier auseinander, während er sprach
He unfolded the paper as he spoke
"Es ist doch kein Brief"
"It isn't a letter, after all"
"Was es war, war eine Reihe von Versen"
"what it was was a set of verses"
»Bitte, Eure Majestät,« sagte der Spitzbube
"Please, your majesty," said the knave
"Ich habe diese Verse nicht geschrieben"
"I didn't write those verses"
"und sie können nicht beweisen, dass ich etwas geschrieben habe"
"and they can't prove that I wrote anything"
"Am Ende ist kein Name unterschrieben"
"there's no name signed at the end"
Der König sprach mit dem Spitzbuben
the king spoke to the knave
"Du musst vorgehabt haben, Unheil anzurichten"
"You must have meant to cause some mischief"
"Sonst hättest du wie ein ehrlicher Mann unterschrieben"
"else you'd have signed your name like an honest man"
Es gab ein allgemeines Händeklatschen
There was a general clapping of hands
Und der König wandte sich an das weiße Kaninchen
and the king turned to the white rabbit
»Lest die Verse!« befahl er.
"Read the verses," he ordered
Es herrschte Totenstille im Gerichtssaal
There was dead silence in the court
und das weiße Kaninchen las die Verse vor
and the white rabbit read out the verses

**Sie sagten mir, du wärst bei ihr gewesen**
They told me you had been to her
**Und sie erwähnten mich ihm gegenüber**
And they mentioned me to him
**Sie gab mir einen guten Charakter**
She gave me a good character
**Aber sie sagte, ich könne nicht schwimmen**
But she said I could not swim
**Er ließ ihnen wissen, dass ich nicht gegangen sei**
He sent them word I had not gone
**Wir wissen, dass es wahr ist**
We know it to be true
**Wenn sie die Sache vorantreiben sollte, was würde aus dir werden?**
If she should push the matter on, what would become of you?
**Ich gab ihr einen, sie gaben ihm zwei**
I gave her one, they gave him two
**Du hast uns drei oder mehr gegeben**
You gave us three or more
**Sie sind alle von ihm zu dir zurückgekehrt**
They all returned from him to you
**obwohl sie vorher meine waren**
although they were mine before
**Wenn ich oder sie die Chance haben sollte,**
If I or she should chance to be
**Wenn ich oder sie in diese Affäre verwickelt wäre**
If I or she were involved in this affair
**Er vertraut auf dich, dass du sie befreien wirst**
He trusts to you to set them free
**Genau so wie wir waren**
Exactly as we were
**Ich hatte den Eindruck, dass Sie**
My notion was that you had been
**Bevor sie diesen Anfall hatte**
Before she had this fit
**Ein Hindernis, das dazwischen kam**
An obstacle that came between

**Er und wir und es**

Him, and ourselves, and it

**Lass ihn nicht wissen, dass sie ihr am besten gefallen haben**

Don't let him know she liked them best

**Denn dies muss für immer ein Geheimnis bleiben, das vor allen anderen verborgen bleibt**

For this must for ever be a secret, kept from all the rest

**Dieses Geheimnis muss ein Geheimnis zwischen dir und mir bleiben**

This secret must remain a secret between yourself and me

**Der König war sehr beeindruckt**

the king was very impressed

**"Das ist das wichtigste Beweisstück, das wir bisher gehört haben"**

"That's the most important piece of evidence we've heard yet"

**»Ich glaube nicht, daß diese Verse auch nur ein Atom Bedeutung haben,« wandte Alice ein**

"I don't believe those verses carry an atom of meaning," objected Alice

**der König hatte seine eigene Meinung zu dieser Angelegenheit**

the King had his own opinion on the matter

**"Wenn diese Worte keinen Sinn haben, erspart das eine Menge Ärger"**

"If there's no meaning in those words, that saves a world of trouble"

**"Dann brauchen wir nicht zu versuchen, den Sinn zu finden"**

"then we needn't try to find the meaning"

**"Lassen Sie die Geschworenen über ihr Urteil nachdenken"**

"Let the jury consider their verdict"

**»Nein, nein!« sagte die Königin**

"No, no!" said the queen

**"Erst die Verurteilung, dann das Urteil"**

"Sentencing first—verdict afterwards"

**"Zeug und Unsinn!" sagte Alice laut**

"Stuff and nonsense!" said Alice loudly

**"Wie dumm ist es, den Angeklagten zuerst zu verurteilen!"**
"how silly it is to sentence the defendant first!"

»Schweige!« sagte die Königin und färbte sich violett an
"Hold your tongue!" said the queen, turning purple
**"Ich werde nicht den Mund halten!" sagte Alice**
"I will not hold my tongue!" said Alice
**schrie die Königin aus voller Kehle**
the queen shouted at the top of her voice
**"Hack ihr den Kopf ab!"**
"chop off her head!"
**Niemand machte eine Bewegung**
Nobody made a movement
**"Wen kümmert es, was du sagst?" sagte Alice**
"Who cares what you say?" said Alice
**Zu diesem Zeitpunkt war sie bereits zu ihrer vollen Größe
herangewachsen**
she had grown to her full size by this time
**"Du bist nichts als ein Kartenspiel!"**
"You're nothing but a pack of cards!"

**Bei diesen Worten hoben sich alle Karten in die Luft**
At this, all the cards rose up in the air
**und alle Karten flogen auf sie herab**
and all the cards came flying down upon her
**Sie stieß einen kleinen Schrei aus**
she gave a little scream
**Sie war halb erschrocken, aber auch wütend**
she was half afraid, but also angry
**Und sie versuchte, sich gegen die Karten zu wehren**
and she tried to fight the cards off of herself
**Und dann fand sie sich auf der Grasbank liegend**
and then she found herself lying on the grass bank
**Ihr Kopf lag im Schoß ihrer Schwester**
her head was in the lap of her sister
**Einige abgestorbene Blätter waren auf ihrem Gesicht gelandet**
some dead leaves had landed on her face
**und ihre Schwester wischte vorsichtig die Blätter weg**
and her sister was gently brushing the leaves away
**»Wach auf, liebe Alice!« sagte die Schwester**
"Wake up, Alice dear!" said her sister
**"Was für einen langen Schlaf hast du gehabt!"**
"what a long sleep you've had!"
**"Oh, ich habe so einen merkwürdigen Traum gehabt!" sagte Alice**
"Oh, I've had such a curious dream!" said Alice
**Und sie erzählte ihrer Schwester alles, woran sie sich erinnern konnte**
And she told her sister all she could remember
**all die seltsamen Abenteuer, von denen Sie gerade gelesen haben**
all the strange adventures that you have just been reading about
**Alice stand auf und rannte davon**
Alice got up and ran off
**Und während sie lief, dachte sie an ihren Traum**
and she thought, while she ran, about her dream

**"Was für ein wunderbarer Traum das gewesen war!"**
"what a wonderful dream it had been!"